AF592356

FABLES

ET

CONTES.

FABLES

ET

CONTES,

MIS EN VERS

PAR FRÉDÉRIC D'HAUTECOUR,

Membre de la Société d'encouragement du Jura et Lieutenant de louveterie.

Une morale nue apporte de l'ennui :
Le conte fait passer le précepte avec lui.
LA FONTAINE.

A LONS-LE-SAUNIER,
DE L'IMPRIMERIE DE GAUTHIER.

1822.

AVERTISSEMENT.

Je préviens les Lecteurs de cè recueil de Fables, que la plupart des sujets ne sont point de mon invention. A l'exemple de nos plus célèbres Fabulistes, j'ai mis à contribution les auteurs anciens et modernes, et je n'ai eu souvent que le foible mérite d'avoir mis en vers les idées des autres. Si je suis assez heureux pour qu'une seule de ces Fables puisse plaire à mes amis et aux gens de goût auxquels je me propose d'en faire hommage, je serai trop payé de mes peines, et je tâcherai de leur en offrir dans la suite un recueil plus considérable.

A MON FILS.

O TOI ! ma plus chère espérance,
Toi qui, dans ta première enfance,
Partagea ma vive douleur,
Mon Fils, le vœu de ma tendresse
Est de diriger ta jeunesse
Dans la route du vrai bonheur.

Ton cœur m'offrira, je l'espère,
Le germe des beaux sentimens
Qui, dans ta vertueuse mère,
Brillèrent à tous les instans.
Ah! si la bonté, la sagesse,
L'honneur et la délicatesse
Prolongeoient les jours des humains,
La mort, inflexible et jalouse,
De ta mère, de mon épouse
Auroit respecté les destins.

Il n'est que toi seul en ce monde,
Il n'est que toi, mon cher enfant,
Qui puisse, à ma douleur profonde,
Apporter quelqu'allégement.
Ah ! pour moi quelle jouissance
Si je te vois, dès ton enfance,
Aimant, sensible et généreux ;
Et si je puis voir ta jeunesse
Consoler, charmer la vieillesse
De tant de parens vertueux.

T'inspirer la haine du vice,
L'amour de la religion ;
Pour le mensonge et l'injustice
T'inspirer de l'aversion,
T'inspirer l'oubli d'une injure,
T'inspirer l'horreur du parjure,
T'inspirer l'amour du devoir ;
Te faire aimer, plus que la vie,
L'honneur, ton prince et ta patrie :
Mon Fils, tel est mon noble espoir.

J'espère aussi de la science
Te faire entrevoir la beauté,
Éloigner de toi l'ignorance
Et la funeste oisiveté.
Te prouver que dans la mollesse,
Dans le pouvoir, dans la richesse,
On ne peut trouver le bonheur;
Et qu'il n'est point de jouissance
Sans l'aveu de la conscience
Et sans la douce paix du cœur.

A t'amuser comme à t'instruire
Je consacrerai mes instans :
C'est pour toi que je veux écrire;
Et si je manque de talens
Pour t'exprimer avec aisance
Ce que je sens, ce que je pense,
En jugeant de ma volonté,
Ton cœur aura la certitude
Que toute ma sollicitude
A pour but ta félicité.

Je t'offre mon premier ouvrage,
Trop heureux si, dans l'avenir,
Tu retires quelqu'avantage
Du foible fruit de mon loisir.
Puisse-tu trouver en ces fables
Quelques peintures véritables
Des mœurs du siècle où nous vivons!
Puisse-tu penser que ton père
Est ton ami le plus sincère,
Et profiter de ses leçons.

FABLES ET CONTES.

LIVRE PREMIER.

FABLE PREMIÈRE.

Le Papillon et son Fils.

« Craignez, craignez pour votre vie,
Disoit un jour un papillon
A son fils qui, dans un salon,
Voltigeoit près d'une bougie;
« Rappelez-vous Icare et le sort malheureux
« De ce jeune présomptueux ;
« Que cet exemple mémorable
« Vous préserve d'un sort semblable,

« Et m'épargne, ô mon fils ! la cruelle douleur
« De vous voir, avant moi, finir votre carrière,
« Pour vous être approché, dans une folle ardeur,
« De cette fatale lumière.
Le bon père en pleurant termina cet avis
Dicté par la tendresse et par l'expérience.
Mais le fils plein de suffisance,
Ne l'écoutant qu'avec mépris,
Auprès de la clarté tout de nouveau s'avance:
Puis sur la flamme se balance
Et dit avec le ton railleur
Qu'affectent volontiers l'orgueil et l'ignorance:
» Mon père assurément voudroit me faire peur
« Par ses sermons et sa défense;
« Je le crois un peu radoteur;
« D'ailleurs, depuis long-temps, je vois que la vieillesse
« Aime à tourmenter la jeunesse;
« Cherche à l'importuner et n'a d'autre désir
« Que s'opposer à son plaisir.
« Pour moi je suis d'avis que c'est une folie

« De passer tristement sa vie ;
« Aussi je veux me divertir.
Alors il papillonne autour de la bougie,
Puis, croissant en témérité,
Il badine avec la clarté.
Qu'arriva-t-il ? Soudain le feu prend à ses aîles ;
Il ressent des douleurs cruelles ;
Des avis de son père, il se rappelle alors;
Mais, malgré ses regrets, il descend chez les morts.

« Mon fils, apprends par cette fable
« Que la sotte présomption,
« Aux malheureux humains, est aussi redoutable
« Que la funeste ambition.

FABLE II.

Le Mouton et le Limaçon.

Quel méchant animal, disoit un limaçon,
En voyant paroître un mouton ;
Ce scélérat n'a d'autre envie
Que de brouter l'herbe fleurie,
Et de fouler aux pieds les insectes nombreux
Qui, par un destin malheureux,
S'ont forcés d'habiter cette verte prairie ;
S'il imitoit au moins les tigres et les loups ;
« Ces animaux simples et doux
Ne nous causent jamais le plus petit dommage,
Et s'ils se mettent en courroux
C'est pour nous venger du ravage
Que nous font éprouver presqu'à tous les instans
Ces monstres cornus et bêlans. »

Semblable au limaçon, il est maint personnage
Chez qui la crainte et l'intérêt
Métamorphosent chaque objet.

FABLE III.

L'Homme et l'Idole.

Espérant que le pactole
Un jour chez lui couleroit,
Un homme à certaine idole
Offroit tout ce qu'il avoit.
Il se tourmentoit sans cesse,
Même empruntoit de l'argent,
Pour pouvoir, à sa déesse,
Sacrifier plus souvent.
Un jour prenant la parole
Sa divinité lui dit :
« Tu vois que ton bien s'envole
« Sans en recueillir de fruit.
« Crois-moi, ta perte est certaine
« Si tu persistes encor
« A m'offrir, chaque semaine,
« Et ton encens et ton or.

« Tous ceux qui, de la folie,
« Ont arboré l'étendard
« Me nomment la loterie
« Mais mon nom est le hasard.

FABLE IV.

L'Enfant et les deux Tonneaux.

« CERTAIN marmot aimant déjà le vin,
Aperçut deux tonneaux d'égale contenance;
L'un étoit vide et l'autre plein.
Notre fripon n'ayant aucune expérience,
Frappe à l'un des tonneaux, n'entend qu'un foible son :
« Cette pièce, dit-il, ne contient rien de bon,
« Ce bruit m'en donne l'assurance;
« Interrogeons cette autre : il la heurte aussitôt,
Un bruit vraiment sonore arrive à son oreille :
« C'est sans doute du vin de Beaune ou de Vougeot,
« Dit-il, emplissons-en bien vîte une bouteille ».

A l'instant mon jeune gourmet
Avec empressement ouvre le robinet.
Mais rien ne sortant de la tonne
Il la considère, il s'étonne,
Lorsqu'un passant l'aborde, et doucement lui dit:
« N'espérez rien des gens qui font beaucoup de
bruit ».

FABLE V.

La Rose et les Fleurs.

VOYANT la fraîcheur de la Rose,
L'éclat de ses vives couleurs,
La violette un jour propose
De la nommer reine des fleurs.
Toutes les fleurs, sans jalousie,
Rendant justice à sa beauté,
Dirent à l'unanimité
Qu'elle devoit être choisie.
Vîte on dépêche un député

Qui va lui porter la nouvelle,
Qu'en la proclamant la plus belle,
On l'appelle à la royauté.
Ah! répond tristement la rose,
Suis-je faite pour tant d'honneur?
Hélas! à peine suis-je éclose,
Que l'on voit passer ma fraîcheur.
Que nous sert ce présent funeste,
La beauté dont on parle tant?
Il disparoît dans un instant,
Et l'on en conserve aucun reste.
Ce matin je charme ces lieux,
Vous me prodiguez vos hommages;
Ce soir, plaisant moins à vos yeux,
Je n'obtiendrai plus de suffrages.
La beauté n'est qu'un don trompeur:
Oui, je voudrois être moins belle
Et pouvoir, comme l'immortelle,
Ne changer jamais de couleur.

O vous qui, semblable à la rose,

Brillez d'un éclat enchanteur,
Comptez, comptez pour peu de chose,
Votre beauté, votre fraîcheur.
Ces dont qui sons votre partage,
Ne durent que quelques momens,
Et de l'horrible faulx du temps
Ne peuvent supporter l'outrage;
Mais l'aménité, la douceur,
Surtout l'aimable modestie,
Ont le talent de plaire au cœur,
Et de plaire toute la vie.

FABLE VI.

Le Lion et les Animaux.

CET esprit de philosophie,
De liberté, d'égalité,
Que je nomme à bon droit folie,
Vrai fléau de l'humanité;
Cette fureur, cette démence

Qui vient d'ensanglanter la France,
Parmi les animaux jadis se déclara.
Maître renard leur assura
Que le pouvoir royal étoit trop despotique;
Qu'il falloit une république,
Pour rendre enfin leurs droits à tous les animaux.
Que la nature fit égaux.
Ce discours plut fort au vulgaire,
Très-crédule pour l'ordinaire.
Le lion voit, de tous côtés,
S'armer ses sujets révoltés;
Mais bientôt, secondé par des amis fidèles,
Il bat, il réduit les rebelles,
Et les force à rentrer sous son autorité.
Lors, plein de magnanimité,
Il accorde pleine amnistie
A tous ceux qui, s'armant contre sa majesté,
Venoient de troubler la patrie.
Mais à peine la douce paix
Faisoit ressentir ses bienfaits,
Que la révolte recommence;

Le roi se voit forcé de quitter son palais.
Cependant ses amis volent à sa défense,
Et tous les révoltés sont de nouveau défaits:
Mais toujours rempli d'indulgence,
Le bon roi leur pardonne une seconde fois.
Ce monarque ignoroit, je crois,
Cette leçon de la sagesse:
Il n'est point de ménagemens
A garder avec les méchans;
Ils prennent pour de la foiblesse
La générosité, la bonté, la douceur;
Et jamais la reconnoissance
N'a le moindre droit sur un cœur
Corrompu depuis son enfance.
Aussi sire Lion eut encore la douleur
De voir la révolte renaître.
Aidé de ses amis il fut encor vainqueur.
Cette fois, agissant en maître,
Il fit sentir le poids de son autorité
Aux animaux que sa bonté
N'avoit pu rendre raisonnables:

Il sévit contre les coupables,
Et vit que la justice et la sévérité
Sont les premiers appuis de la tranquillité,
Ainsi que de la royauté.

FABLE VII.

Le jeune Homme et le Voleur.

Certain adolescent se trouvant en voyage,
Attendoit en repos la fin de la chaleur,
Près d'un puits entouré d'ombrage,
Lorsqu'il vit paroître un voleur.
Le larron, à grands pas près de lui s'achemine,
L'écolier, en fuyant dans la forêt voisine,
Étant leste et dispos, auroit pu s'esquiver;
Mais le voleur armé d'une escopète,
Peut-être eût gêné sa retraite.
Que fait notre jeune homme? Au lieu de se sauve
Il se met à crier, et pleure, se désespère;
D'où peut donc naître ton chagrin?

Lui dit, en l'abordant, l'élève de Mandrin.
Ah! répond l'écolier, dis-moi, que dois-je faire?
Tout mon bien consistoit en une cruche d'or;
Hélas! j'ai, dans ce puits, laissé choir ce trésor.
Le voleur dupe de ses larmes,
Pose ses habits et ses armes,
Et descend dans le puits à l'aide d'un cordeau.
Mais, pendant qu'il cherche dans l'eau,
Le jeune homme s'enfuit emportant la valise,
Ses armes, ses habits et jusqu'à sa chemise,
Et court s'applaudir, de bon cœur,
D'avoir pu voler un vôleur.

La présence d'esprit, en mainte circonstance,
Vaut mieux que force et que science.

FABLE VIII.

Le Lion et le Sanglier.

PLEIN de force et plein de courage,
Un sanglier, illustre rejeton
Du sanglier de Calidon,
Résidoit dans le voisinage,
D'un redoutable et superbe lion.
Un jour l'affreuse jalousie,
Ce vice qui, des animaux,
Ainsi que des humains, empoisonne la vie,
Fit de nos deux voisins deux terribles rivaux.
Ils s'attaquent avec furie,
Se déchirent à belles dents;
Du sang de ces fiers combattans
La terre bientôt est rougie,
Et les hôtes des bois, (*ils savoient qu'en tous temps,*
Les petits ont pâti des querelles des grands,)
S'éloignoient du champ de bataille.

Mais les corbeaux et les vautours,
Cette épouvantable canaille,
Qui, des malheurs d'autrui, sait profiter toujours,
Croyant que le vaincu seroit bientôt sa proie;
Témoignoient hautement sa joie.
Le lion les entend, il calme sa fureur;
Quoi! nous combattons pour la gloire,
Dit-il au sanglier, et des gens sans honneur
Profiteroient de la victoire;
L'espoir de dévorer les dépouilles d'un mort
Les fait se réjouir si fort;
Crois-moi! faisons la paix, oublions notre injure;
Oui, dit le sanglier, soyons plutôt amis
Que de nous exposer à servir de pâture
A ces brigands nos communs ennemis.

FABLE IX.

Le Roi et le Serpent.

TRISTE, rêveur et solitaire,
Quoiqu'au milieu de son palais,
Un bon prince de ses sujets
Déploroit l'extrême misère
Il pensoit aux moyens de pouvoir adoucir
Tous les maux d'une longue guerre,
Qu'il venoit enfin de finir,
Lorsqu'en jetant les yeux sur un fort beau parterre,
Il vit un long serpent sortir d'un trou de mur;
Puis un instant après, il vit dans son repaire,
Retourner le reptile impur;
Le prince, mécontent d'un pareil voisinage,
Ordonne qu'aussitôt tout soit mis en usage,
Afin que ce hardi serpent
Lui soit livré mort ou vivant.
Vite l'ingénieur et l'architecte arrivent,

Les maçons, les mineurs les suivent,
Et tout est mis en mouvement
A qui mieux mieux chacun travaille ;
En un instant on perce la muraille.
Soudain, les ouvriers trouvent un souterrain
Renfermant un trésor immense,
Et, grâce à ce trésor bientôt le souverain,
Rendit à ses sujets la joie et l'abondance.

Monarque, poursuivez en tous lieux les méchans
Et vous verrez dans peu vos états florissans
Et vos peuples dans l'opulence.

FABLE X.

Le Diamant et la Glace.

Un diamant pétri de vanité,
Se moquoit d'un morceau de glace ;
Que te sert ton énorme masse,
Lui disoit-il avec fierté,

Un souffle de l'amant de Flore,
Et te fait fondre et t'évapore;
Mais moi, rien ne peut m'altérer,
Je brave Phébus et Borée,
Et mon éclat et ma durée
Ne laissent rien à désirer.
A ce discours, rempli de suffisance,
La glace ne répondit rien;
Mais bientôt un physicien
Vint se charger de sa vengeance :
S'étant donc emparé de l'un et l'autre objet,
Le savant fait fondre la glace,
Prend l'eau, la passe et la repasse;
Puis l'ayant mis en son creuset,
Ainsi que certaine substance,
Pour fruit de son expérience
Notre chimiste obtient un élixir parfait
Qui produisoit le merveilleux ef.et
De soulager les maux, et prolonger la vie.
Cette opération finie,
Le savant prend du verre, il fait un appareil

Et fixe sur un point les rayons du soleil:
Lors, dans ce foyer de lumière
Il dépose le diamant;
Mais on vit l'orgueilleuse pierre
Disparoître au bout d'un instant,
Sans laisser, aux yeux du savant,
Rien qui pût, de son existence,
Retracer même l'apparence.

Cette fable a bien plus d'une moralité:
Lecteur, je m'en rapporte à ta sagacité
Pour en tirer la conséquence.

FABLE XII.

Le Fossoyeur et le Médecin.

Un homme enterrant son voisin,
Vit près de lui le médecin
Qui, du pauvre défunt, traita la maladie.
Ah! dit-il au docteur, j'espérois, mais en vain,

Que de ce malheureux vous sauveriez la vie;
Je vous croyois habile, et m'étois figuré
Que, grâce à votre savoir faire,
De long-temps monsieur le curé
N'auroit gagné son luminaire.
J'ai fait ce que j'ai pu, répartit le docteur;
Cet homme étoit mal sain. Ah! dit le fossoyeur,
S'il se fût bien porté, croyez-vous, je vous prie,
Qu'il auroit eu recours à votre seigneurie?

Les médecins n'ont jamais tort:
Lorsqu'un malade meurt, il étoit incurable;
Et lorsqu'il échappe à la mort,
C'est à leur savoir seul qu'il en est redevable.

FABLE XII.

Les deux Frères.

Un homme se promenant
Dans une verte prairie,
Fut mordu par un serpent,
Et l'on craignit pour sa vie.
Son frère, presqu'à l'instant
Faillit être aussi victime :
Il fut accusé d'un crime
Dont il étoit innocent.
Un médecin fort habile
Procura la guérison
Au frère qui, du reptile,
Ressentoit l'affreux poison.
L'autre, de son innocence,
Prouva bientôt l'évidence;
Mais il mourut de chagrin
De voir que la calomnie

Peut sur la plus belle vie
Répandre son noir venin.

Le poignard d'un assassin,
La langue de la vipère,
Sont moins à craindre sur terre
Que ce calomniateur
De qui la bouche homicide
Vient, par un discours perfide,
Attenter à notre honneur.

FABLE XIII.

Le Corroyeur et le Financier.

Un Corroyeur plaça son atelier
Près de l'hôtel d'un financier.
Celui-ci, délicat et riche personnage,
Ne pouvoit supporter ce fâcheux voisinage:
Il craignoit la mauvaise odeur,

Et voulut forcer le tanneur
A changer de logis. Un procès se commence:
Le corroyeur le perd, fait casser la sentence.
On plaide, on juge de nouveau,
Et le financier perd sa cause:
Il en appelle ; le barreau
Ne fut, pendant six mois, occupé d'autre chose
Que de ce procès important.
Dieu sait ce qu'il fallut d'argent
Pour payer tous les frais que la chicane entraîne,
Pour les avocats quelle aubaine!
Ils auroient prolongé cette affaire dix ans;
Mais le richard, avec le temps,
Trouva l'odeur des cuirs bien moins désagréable:
Enfin, la trouvant supportable,
Il maudit le procès, regretta ses écus,
Endura son voisin, et ne se plaignit plus.

Le mal le plus cuisant, la peine la plus rude,
Tout s'adoucit par l'habitude.

FABLE XIV.

Le Cheval aveugle.

Par un cheval aveugle, un char étoit conduit;
Chemin faisant le cocher s'endormit,
Et le pauvre cheval, allant à l'aventure,
Se précipite, ainsi que la voiture,
Dans un abîme très-profond.
Tout disparut; et le cocher peu sage
Fit en dormant le grand voyage
Et se réveilla chez Pluton.

O vous! à qui la providence
A confié le soin des aveugles humains,
Ne vous endormez point; craignez que la puissanc
Echappe un moment de vos mains.

FABLE XV.

Les deux Loups.

Dans l'ombre de la nuit, en l'absence des chiens
Deux loups étoient entrés dans une bergerie ;
Là, pouvant se livrer à leurs goûts assassins,
Ils ne font qu'une boucherie
Des béliers, des brebis, des agneaux, des moutons;
Quand tout fut étranglé, le plus vieux des gloutons
Dit à l'autre: Je sais qu'en toute circonstance,
Il faut profiter, mon enfant,
Des bienfaits de la providence,
Mais il faut en user avec ménagement.
Pour moi qui, dès long-temps, ai de l'expérience,
Je sais que l'un des points du grand art de jouir
Est de ménager le plaisir,
Et je crois qu'en cette occurrence
Nous devons, avant tout, penser à l'avenir.
Ménageons cette bonne chère,

Ne mangeons aujourd'hui que chacun un agneau,
Et demain.... Vous riez, grand père,
Interrompit le louveteau;
Je vous crois atteint de ce vice,
Qu'on nomme, en Français, l'avarice:
Peut-être ce péché, maîtrisant votre esprit,
Vous a fait perdre l'appétit;
Mais moi qui, dieu merci, sait jouir de la vie,
Je ne ferai pas la folie
De m'en aller à jeûn, car je tiens pour certain
Qu'on sera mal ici demain.
Dès qu'ils auront vu ce carnage,
Les bergers en tous lieux vont sonner le tocsin
Et je crois qu'il seroit aussi prudent que sage
De fuir les bois du voisinage,
Car on va les traquer avec acharnement,
C'est pourquoi je vais, à l'instant,
Manger pour toute la semaine;
Cela fait, sans me mettre en peine
Ni des chasseurs, ni des bergers,
J'irai me reposer à l'abri des dangers,

Dedans quelque forêt lointaine.
Cela dit, notre louveteau
Avala de telle manière
Qu'en moins d'une heure, il creva dans la peau.
Pour le vieux loup, il gagna son repaire,
Sans avoir assouvi sa faim,
Et fort tranquillement revint le lendemain
Pour commencer son ordinaire.
Mais les bergers épioient le luron.
Ils saisissent notre économe,
A coup de fourche et de bâton
En un instant on vous l'assomme.

Usons de tout avec sobriété,
Car nous voyons la prodigalité
Tout aussi bien que la lésine,
Causer souvent notre ruine.

FABLE XVI.

Le Mâtin et la Brebis.

Dans le temps où les animaux
Discutoient de leurs droits devant des tribunaux,
Le mâtin fit un jour sommer de comparoître,
Devant le juge compétant,
Une brebis, en attestant
Que, naguère, il l'avoit vu paître
Et commettre un délit majeur
Dans un pré dont lui seul étoit le possesseur.
L'innocente brebis produisit en justice,
Pour confondre cet imposteur,
Le lièvre, le lapin, la chèvre et la genisse;
Et ces quatre témoins, pleins de véracité,
Disoient à l'unanimité
Avoir vu la brebis en certain pâturage,
Fort distant du lieu du dommage,
A l'instant même où le mâtin
Prétendoit avoir vu commettre le larcin.

D'après un pareil témoignage
Tout l'auditoire étoit d'avis
Que l'on alloit, sur l'heure, acquitter la brebis
Et proclamer son innocence;
Mais le mâtin, à l'audience,
Amena pour témoin le loup et le vautour,
Chacun d'eux parut à son tour
Et dit avec effronterie,
Avoir vu la brebis commettre le délit,
Et même du plaignant fourrager la prairie.
Le juge étoit fort interdit
Des dépositions entr'elles si contraires
Tenoient en suspens son esprit,
Quand, par un mouvement subit,
Le loup montra ses dents, et le vautour ses serres.
Alors le juge épouvanté,
Sans égard pour la vérité,
Déclara la brebis coupable.

L'on assure qu'en tous les temps
On a vu bien des innocens
Victimes d'un arrêt semblable.

FABLE XVII.

L'Ane et le Lion.

JE ne sais pour quelles raisons
Le chant du coq en impose aux lions:
Mais un de ces derniers, passant près d'un village,
De l'oiseau du dieu Mars entendit le ramage,
Et prit la fuite incontinent.
Pendant qu'il étoit en déroute,
Un âne, par hazard, se trouva sur sa route;
Qui, le voyant ainsi fuir précipitamment,
S'imagina que sa présence
Au roi des animaux inspiroit la terreur.
Aussitôt, fier de sa vaillance,
Il insulte et poursuit l'animal plein de cœur,
En le menaçant de ruades.
Mais le lion, piqué de ses fanfaronnades
Et n'entendant plus le cochet,

Retourne sur ses pas, saisit maître baudet
Et vous l'envoie en l'autre monde.

Combien il est de gens dont la valeur se fonde
Sur la peur de leurs ennemis!
S'il n'est point de danger, ils sont pleins d'arrogance;
Mais, lorsque le péril s'avance,
Ils sont aussi peureux qu'ils paroissent hardis.

FABLE XVIII.

Le Singe et le Perroquet.

Un singe, ainsi qu'un perroquet,
Se disoient des gens d'importance,
L'un vouloit que pour son caquet,
Et l'autre pour sa ressemblance
Avec le roi des animaux,
On vantât par-tout leur mérite,
Et qu'on les traîtat, dans la suite,
Différemment de leurs égaux.

Voulant donc que tous leurs semblables
Les crussent de gens raisonnables,
Maître singe se revêtit
D'une culotte et d'un habit:
L'autre, imitant la voix humaine,
Apprit quelques phrases par cœur,
Qu'en criant jusqu'à perdre haleine,
Il débitoit en orateur.
Se croyant un mérite rare,
Nos deux amis quittant les bois,
L'un charmé de sa belle voix,
L'autre de sa mine bisarre,
A la foire d'un bourg voisin,
Ils vont tous deux un beau matin:
A tous ceux qui pouvoient l'entendre,
Venez, messieurs, crioit l'oiseau,
Jouir d'un spectacle nouveau,
Qui sûrement va vous surprendre;
Venez entendre un Cicéron,
Et voir un nouvel Apollon!
Espérant voir ces belles choses,

Le public accourut au bruit ;
On dit même qu'il applaudit,
Croyant voir des métamorphoses.
Mais le singe ne parloit pas,
Il ne faisoit que la grimace
Et quelque tour de passe-passe,
Dont le public fut bientôt las.
Comme il se répétoit sans cesse,
L'oiseau ne fut pas plus heureux :
Chacun reconnut son espèce,
Et le trouva fort ennuyeux :
L'illusion étoit finie.
Nos deux pélerins tout honteux
D'avoir donné la comédie,
Et de s'être fait moquer d'eux,
Retournèrent dans leur pays,
Très-fâchés d'en être sortis.

Bien des gens de ma connoissance
On tort de parler de science ;
Ils ont beau citer de grands mots,

On les reconnoît pour des sots,
Et l'on rit de leur ignorance.
On se moque aussi d'un lourdeau
Qui, voulant faire le capable,
Prend les habits et le manteau
De quelqu'un de recommandable.

FABLE XIX.

Le Dervis insulté.

Le favori du sultan Isaour
Dans Balsora se promenoit un jour,
Étalant l'or et la magnificence,
Lorsqu'un Dervis, pressé par l'indigence,
Vint humblement supplier sa grandeur
De lui donner quelqu'aumone légère:
Le favori se saisit d'une pierre,
Dont il frappa le pauvre demandeur,
Qui, n'osant rien contre l'homme en faveur,
Sans murmurer essuya cet outrage,
Mais prit la pierre et courut la cacher,

Espérant bien à son tour la jeter
A ce superbe et méchant personnage.
Il auroit pu bientôt en faire usage;
Car il apprit que le fier courtisan
Venoit enfin de déplaire au Sultan,
Qui le faisoit mener de place en place,
La corde au cou, sur un chameau monté,
Divertissant ainsi la populace,
Qui l'insultoit, rioit de sa disgrâce.
Par la vengeance aussitôt excité,
Notre dervis court vîte à la cachette
Chercher la pierre, afin de s'en servir.
Mais un moment modérant son désir,
Il réfléchit; et, réflexion faite,
Au fond d'un puits fut la précipiter:
Je sens, dit-il, qu'il ne faut se venger
En aucun cas: c'est folle mal-adresse
De l'essayer contre un homme puissant;
D'un ennemi plongé dans la détresse
On ne doit point aggraver le tourment,
Et l'accabler seroit alors bassesse.

FABLE XX.

Le Pilote et le Passager.

LA mer étoit tranquille et les vents favorables
Certain pilote cependant,
Parcouroit son navire avec empressement,
Et faisoit préparer les ancres et les cables.
Je voudrois savoir à quoi bon
Dit un passager au patron,
Vous vous tourmentez tant : le ciel est sans nuag
Tout nous promet un beau voyage:
Auriez-vous le pressentiment
De quelque fâcheux accident?
Non, dit le nautonnier, car aujourd'hui zéphire
Nous annonce un voyage heureux;
Mais peut-être demain verrai-je mon navire
Jouet des vents impétueux
Qui s'acharneront à lui nuire.
A présent le ciel est riant;
Mais, hélas! dans un seul instant

Une tempête peut éclore,
Et de l'occident à l'aurore,
Boulverser tout l'Océan:
Je profite du calme, et mets tout en usage
Pour lutter contre l'ouragan
S'il nous menaçoit du naufrage.

Il me semble, en voyant ce pilote prudent,
Voir un monarque vigilant,
Qui, du soin de l'état préoccupé sans cesse,
Ne s'endort point dans la mollesse,
Surveille constamment toutes les factions
Et sauve ses sujets des révolutions
Par sa prudence et sa sagesse.

LIVRE SECOND.

FABLE PREMIÈRE.

Origine de la Fable.

Autrefois les humains aimant la vérité,
Savoient apprécier sa sublime beauté ;
Mais un jour la déesse en parcourant la terre,
S'endormit par malheur en un bois solitaire,
Et pendant son repos, le mensonge odieux,
Son ennemi funeste arrive dans ces lieux ;
Il voit la vérité, s'en approche en silence,
Et sa main si souvent fatale à l'innocence,
A la fille du ciel ravit son vêtement.
De sa robe éclatante il se pare à l'instant
Il met son diadême et sa blanche ceinture,
D'un masque gracieux il couvre sa figure ;
Et l'insolente voix de ce vice effronté
Va publier partout qu'il est la vérité.
Trompé par ses habits, ses traits et son langage

On l'accueille à la ville, on l'accueille au village,
On se plait à l'entendre, et ses discours flatteurs
Le rendent aisément maître de tous les cœurs.
De tous côtés la foule autour de lui s'empresse,
L'excès de ses transports réveille la déesse,
Mais à peine ses yeux s'ouvrent à la clarté,
Qu'elle se considère et voit sa nudité.
Les habits du mensonge épars dans le bocage,
De son lâche ennemi, lui révèlent l'outrage;
Elle part à l'instant, et court chez les mortels
Dont l'encens parfumoit naguère ses autels
Et vient les prier de venger son offense;
Mais quelle est sa douleur! chacun fuit sa présence?
Ceux à qui ses discours avoient plu tant de fois
La laissent se morfondre et sont sourds à sa voix,
Sa nudité leur blesse et fatigue la vue:
Partout elle se voit proscrite ou méconnue;
Enfin ne pouvant plus supporter la douleur
De se voir préférer un infâme imposteur,
Après avoir plaint l'homme, et surtout sa foiblesse,
Elle fuit, va cacher sa honte et sa tristesse

Dans le fond des forêts ; à son triste destin
Elle réfléchissoit, lorsqu'elle vit soudain
Le manteau bigarré du dieu de l'imposture :
Et de l'homme et du temps pour éviter l'injure
Elle prend ce manteau, s'en fait un vêtement :
Sitôt qu'elle parut dans cet accoutrement,
Chacun avec plaisir aborda la déesse ;
A ses yeux pleins d'éclats, ses traits pleins de noblesse,
Le sage reconnut l'auguste vérité ;
Mais les habits trompeurs de la divinité
Ne pouvant s'allier à son nom respectable,
Elle adopta les noms d'apologue et de fable.
Sous ces noms empruntés, à l'abri des rivaux,
La vérité ne craint les méchants ni les sots ;
Dans ses simples récits, dans son simple langage
La plus grave leçon paroît un badinage,
Et, saus les fatiguer, son agréable voix,
Parvient facilement jusqu'au trône des Rois.

FABLE II.

La Richesse, la Santé, la Vertu et la Volupté.

Un jour la vertu, la santé,
La richesse et la volupté,
Disputoient la prééminence.
Thémis ayant pris sa balance,
Écouta leurs raisons. La richesse d'abord
Plaida sa cause, et dit: tout le monde est d'accord
Qu'il n'est aucune jouissance
Que je ne procure aisément;
Avec moi l'on bâtit les temples et les villes,
Et l'on termine en un instant
Les choses les plus difficiles.
Je dois avoir le prix, puisque le genre humain
Me proclame le premier bien,
Et pour me posséder se tourmente sans cesse.
Ce discours terminé, parut la volupté:
Ne croyez pas, dame richesse,
Dit-elle avec vivacité,

Que vous ayiez des droits à mériter la pomme,
Apprenez que si l'on voit l'homme
S'agiter pour vous obtenir,
C'est que de moi, par vous, il espère jouir:
Aux mortels, je le sais, vous donnez l'espérance;
Mais moi je suis la jouissance,
Et le prix doit m'appartenir,
Si l'on nous juge en conscience.
Vous êtes dans l'erreur, s'écria la santé:
Qu'importe aux enfans de la terre
La richesse et la volupté,
Lorsque les maux leur font la guerre?
Sans moi nul ne peut être heureux;
Ainsi, de tous les biens, on conviendra j'espère,
Que je suis le plus nécessaire,
Et par là le plus précieux.
Cet argument fini, la vertu représente
Qu'elle seule aux humains donne le vrai bonheur;
Car s'ils n'ont pas la paix du cœur
Dit-elle, assurément le remords les tourmente:
Que leur sert la santé, les biens et le plaisir,

Lorsque paisiblement ils n'en peuvent jouir ?
Je sais que souvent on m'outrage;
Mais l'être le plus vicieux
Respecte l'homme vertueux,
Et dans le fond du cœur me rend un juste hommage ;
Je n'en dirai pas davantage;
Mais je m'estime plus que la santé, que l'or,
Que la volupté même encor.
Sans recourir à sa balance,
Thémis proclamant sa sentence,
Déclara la vertu le suprême trésor.

FABLE III.

Le Renard et le Buisson.

CERTAIN renard, pressé par un chasseur,
Et presqu'en danger de la vie,
Fut prier un buisson d'être son bienfaiteur,
Et dans son fort se réfugie.
Mais à peine il se croit en lieu de sûreté,
Qu'il se sent déchirer, percer de cent manières
Par les épines meurtrières,
Et se voit tout ensanglanté.
Hélas ! s'écria-t-il, qu'ai-je fait, misérable!
Quel étoit mon aveuglement?
Quoique mon sort fut déplorable,
Devois-je me jeter dans les bras d'un méchant
Et compter sur sa bienfaisance ?
Non, je devois prévoir qu'il sauroit profiter
De ma fatale confiance,
Pour me perdre ou me maltraiter.

FABLE IV.

Le Loup, le Sanglier et le Dogue.

En traversant une rivière,
Un loup courut un grand danger,
La crampe le saisit; ne pouvant plus nager,
Il n'avoit d'autre espoir pour se tirer d'affaire,
Que quelque secours étranger.
Par hasard, dans le voisinage,
Passoit un brave sanglier;
Il entend notre loup crier,
Bien vîte il se jette à la nage,
Et le reconduit au rivage.
Mais lorsque le glouton se voit en sûreté
Il reprend sa férocité,
Et sur son bienfaiteur s'élance avec furie
Dans l'horrible dessein d'attenter à sa vie.
Le sanglier se défendoit
Lorsqu'un certain dogue s'avance,

Il avoit vu, depuis une éminence,
Comment la chose se passoit.
Il attaque le loup, le force à lâcher prise,
Le saisit et lui dit : Ingrat !
Je vais t'arranger à ma guise,
Et te traiter ainsi qu'on traite un scélérat;
Reconnoissance est ma devise !
Ah! de grâce un moment, calmez votre courroux,
Répartit en tremblant la bête carnassière;
Oui, je suis j'en conviens, le plus ingrat des loups,
Je mérite votre colère;
Mais cependant permettez-moi
D'objecter à votre excellence
Que ce que l'on nommoit de la reconnoissance
Aujourd'hui n'est plus une loi,
J'en ai la parfaite assurance,
Regardez l'homme notre roi,
D'être reconnoissant il n'a plus l'habitude,
Et nous voyons l'ingratitude,
Être en tous lieux par lui mise à l'ordre du jour;
Parcourons la ville et la cour,

Et les bourgs et les villages,
Vous y verrez souvent le service rendu
Récompensé par des outrages.
C'est assez, dit le chien, ton dire est superflu;
Meurs, malheureux, et va sur la rive infernale
Faire, si tu le peux, admirer ta morale.

FABLE V.

Le Serpent et le Monument.

Un serpent des plus venimeux,
Comme aussi des plus envieux,
Étoit sortit de son repaire;
Il rampoit dedans la poussière
Lorsqu'à ses yeux parut soudain
Un noble monument où le marbre et l'airain
Retraçoient les traits de la vie
D'un héros de l'antiquité,
Qui fut l'orgueil de sa patrie
Et l'honneur de l'humanité;
Ah! dit le reptile en furie,

Jamais de pareils monuments
Ne furent érigés en l'honneur des serpents ;
Celui-ci me choque et me blesse.
Il semble reprocher à toute mon espèce,
Jusqu'où va son abjection,
Mais bientôt sa destruction
Va signaler ma haine ainsi que ma vengeance ;
Les efforts du ciseau, les efforts du burin,
Vont ressentir l'effet de mon mortel venin.
Lors, contre une colonne, en sifflant il s'élance
Et veut la déchirer ; mais il perdit son temps
Et se cassa toutes les dents,
Sans que le monument aperçut son offense.

FABLE VI.

Le Singe et son Fils.

Un singe ayant un fils, l'aimoit avec ivresse,
Il l'admiroit à chaque instant,
Et croyoit voir en cet enfant,
Le chef-d'œuvre de son espèce.

Sans cesse l'on voyoit le jeune sapajou
Dans ses bras ou sur son genou ;
Enfin à force de tendresses,
De soin, d'amour et de caresses
Il fit périr le petit animal.

Au physique comme au moral,
Ne gâtons point notre progéniture.
Aimons-la, c'est dans la nature,
Mais craignons de causer son mal
Par un attachement aveugle et sans mesure.

FABLE VII.

La Femme méchante.

Certaine femme avoit un mauvais caractère :
Elle étoit querelleuse, acariâtre, altière,
Ne pouvoit supporter ni valet, ni voisin ;
Elle étoit un vrai diable enfin.
L'on dit que plus d'un garçon sage,
Craignant de trouver en partage

Une femme semblable à celle en question
Forma la résolution
De renoncer au mariage.
Elle avoit cependant sut trouver un époux
D'un caractère aimable et doux.
En unissant cet homme à cette furibonde,
Le ciel voulut, je crois, l'éprouver en ce monde,
Lui faisant souffrir ici-bas,
Tout ce qu'un réprouvé souffre après son trépas:
Aussi le malheureux, avec cette euménide,
Devint triste, rêveur, maigre, pâle et livide.
Un beau jour un quidam entre dans sa maison:
Votre femme, dit-il, sans rime ni raison,
Tourmente tout le voisinage,
Par son humeur et son tapage;
C'est un vrai diable, sur ma foi.
Hélas! qui le sait mieux que moi?
Répartit le mari: puisqu'elle vous querelle
Et cherche à se faire haïr
Des étrangers, jugez ce que je dois souffrir,
Etant jour et nuit avec elle!

FABLE VIII.

La Chenille et le Papillon.

De l'arbre qui la nourrissoit
Une pauvre chenille ayant fait la culbute:
Pleuroit et se désespéroit,
Se trouvant fort mal de sa chute,
Et ne sachant comment rejoindre son logis;
Soudain un papillon parut en sa présence:
Son cœur renaît à l'espérance;
Elle croit tous ses maux finis,
Voyant près d'elle un de ses frères;
Venez, lui cria-t-elle, adoucir mon malheur,
Venez secourir votre sœur;
Aidé de vos ailes légères,
Vous pouvez, ô mon frère, aisément me porter
Sur la branche qui me vit naître:
Le vent m'en a fait disparoître;

Sans vous, je ne pourrai jamais y remonter ;
Secourez-moi donc, je vous prie.
Il faut que vous ayiez bien de l'effronterie
Pour me parler de parenté !
Reprit le papillon, d'un ton plein d'arrogance,
Une telle témérité
Me déplaît et même m'offense,
Apprenez, vil insecte, à vous connoître mieux;
Ne m'ennuyez pas davantage :
Rampez, voilà votre partage,
Moi je vais m'élever aux cieux.
Cela dit, il quitte la terre,
Et jetant sur sa sœur un regard dédaigneux,
Vole au séjour de la lumière.

Parmi les nouveaux parvenus
Dont la France aujourd'hui fourmille,
Semblable au papillon, Mondor ne pense plus
A ses parens, à sa famille,
Et qu'avant de voler, il fut long-temps chenille.

FABLE IX.

Le Prédicateur.

Autrefois, m'a-t-on dit, un grand prédicateur,
Homme d'un vrai mérite, et fort bon orateur,
Employoit de son art toute la véhémence,
Pour conduire à la pénitence
Ses frères qu'il croyoit esclaves du démon.
Il ne faisoit point de sermon
Qu'il ne peignît avec adresse
La honte que le crime laisse;
Puis tout-à-coup, changeant de ton,
Il faisoit l'aimable peinture
Du calme et du bonheur que la vertu procure.
Ses discours élégans, fleuris,
Firent bientôt courir Paris;
Mais lorsqu'on vit que notre apôtre
Reprochoit à l'un comme à l'autre
D'oublier son devoir, de suivre à chaque instant
Ce triste et malheureux penchant

Qui vers le péché nous emporte,
L'auditoire gagna la porte.
Notre prédicateur, avec tout son esprit,
Eut bientôt deviné la cause
D'un changement aussi subit;
Mais il dissimula la chose:
Et voulant, à ces gens pervers,
Donner une leçon utile,
Il changea tout-à-coup de style,
Et parlant à tort, à travers,
Il traita vingt sujets divers;
Il parla de la politique,
Puis après il fit la critique
De ce qu'il avait annoncé.
On crut qu'il étoit insensé;
Et bientôt une foule immense,
Pleine de la douce espérance
D'entendre un docteur radoter
Se présenta pour l'écouter,
On eut dit, en voyant les auditeurs nombreux
Et leur air empressé d'entendre

Que l'on alloit traiter quelques sujets fameux,
Dont leur salut devoit dépendre;
Mais soudain, l'orateur voyant ce grand concours,
Reprit sa première morale,
Et prouva par un beau discours,
A messieurs de la Capitale,
Que si l'on veut être écouté
Il faut, dans le siècle où nous sommes,
Renoncer à la vérité,
Flatter ou divertir les hommes.

FABLE X.

Le Sage et l'Usurier.

Un disciple de la sagesse,
Un aspirant à la richesse,
Ou, pour mieux dire, un sage avec un usurier,
Gens que très-rarement l'opinion rassemble,
Par un hasard fort singulier
Certain jour discutoient ensemble:

Moi, disoit l'usurier, j'ai trouvé le moyen
D'augmenter tous les ans mon bien,
Et quoique ma fortune à bien des gens déplaise,
Bientôt je pourrai vivre à l'aise
Et me rire des sots discours
Que sur moi l'on tient tous les jours.
Mais votre conscience, est-elle bien tranquille?
Lui répartit l'homme d'honneur,
Cela me paroît difficile,
Vous devez avoir sur le cœur
Certain je ne sais quoi, qui tourmente sans cesse
Celui qui manque à la délicatesse,
Et fait que l'on ne peut jouir paisiblement
D'un bien acquis injustement.
Je n'éprouvai jamais une crainte pareille,
Et tranquillement je sommeille,
Répartit l'usurier; et je puis aisément
Vous prouver en bonne justice
Que j'ai toujours rendu service
A ceux qui sont venus emprunter mon argent.
Quelquefois, il est vrai, craignant pour ma finance,

Je me suis fait donner un bon nantissement;
Mais doit-on perdre en obligeant!
Ce n'est pas votre avis, je pense?
Et lorsque notre argent paroît mal assuré
Vous conviendrez que si, par un bon réméré,
On peut assurer sa créance
On a droit de le faire en toute conscience.
Vous raisonnez très-bien; mais souffrez, s'il vous plaît,
Dit le sage, qu'ici je vous rapporte un fait:
Un homme se voyant en danger de la vie
Fit appeler un médecin;
Le docteur eut bientôt connu la maladie:
Deux remèdes s'offroient, l'un étant souverain
Pouvoit du mal amortir le venin,
Mais l'autre ne pouvoit qu'éloigner l'agonie,
Et seulement de quelques jours;
A ce dernier le docteur eut recours.
Par suite de son ordonnance
Le patient fut guéri pour toujours;
La mort termina sa souffrance.

Que pensez-vous de ce docteur?
C'étoit un malheureux digne de la potence,
Dit l'usurier avec chaleur,
Je serois le bourreau d'un pareil misérable.
N'êtes-vous pas aussi coupable
Que celui qui vous fait horreur,
Reprit le sage avec douceur,
Regardez tous ces gens réduits à la famine
Foulant aux pieds les lois, l'honneur et l'équité,
N'est-ce pas votre avidité
Qui fut cause de leur ruine?
Leur prêtant avec loyauté
Vous eussiez pu les sauver du naufrage,
Mais leur malheur est votre ouvrage.

FABLE XI.

Le Lièvre et les Ronces.

Le bruit du cor s'approchant de son gîte,
Un lièvre fuyoit au plus vîte,
Mais les ronces par-tout lui barrant les chemins
Cherchoient à ralentir sa fuite
Afin de le livrer aux chiens.
Pourquoi voulez-vous me détruire ?
Leur dit le lièvre en soupirant,
Aurois-je eu, malgré moi, le malheur de vous nuire,
Je n'ai jamais cherché qu'à plaire à tout venant?
Voyez le danger qui me presse,
Ayez pitié de ma détresse.
Mais malgré ce discours touchant
Les ronces eurent l'infamie
De s'accrocher au pauvre suppliant
Qui bientôt fut atteint par la meute ennemie.

N'implorons jamais les méchans
Ce seroit perdre notre temps.

FABLE XII.

Le Mendiant et sa Fille.

Un mendiant trouva sur son chemin
Un miroir vraiment admirable;
En s'y voyant, l'objet le plus désagréable
Se croyoit un objet divin.
Le drôle, à son profit, bientôt en fit usage,
Il disoit d'un ton patelin,
A tous ceux qui passoient : admirez le visage
Dont la bonté du ciel vous a fait possesseur;
Louons Dieu de tout notre cœur,
Et faites, s'il vous plaît, une aumône légère
A son plus pauvre serviteur.
A de pareils discours on ne résiste guère,
Et chaque soir le mendiant
Revenoit chez lui fort content.
Un jour étant malade, il remit à sa fille
Le gagne-pain de la famille;
Mais, hélas! malgré son miroir

La pauvrette rentra le soir
Sans avoir rien gagné de toute la journée
Et même sans être étrenée ;
Mais elle confessa, qu'ayant jeté les yeux
Sur le talisman merveilleux,
Et se croyant pleine de charmes ;
Elle n'avoit pensé qu'à se considérer,
A se sourir, à s'admirer,
Et n'avoit point du tout fait voir aux bonnes âmes
L'aimable petit instrument
Qui faisoit arriver l'argent
Des hommes, des garçons, des filles et des femmes.

Ma fille, dit le vieux narquois,
Souviens-toi bien, une autre fois,
Que l'on ne gagne rien à s'admirer soi-même,
Quant à moi, voilà mon système :
Toujours l'homme d'esprit cherche à flatter autrui,
Mais le sot n'admire que lui.

FABLE XIII.

L'homme colère.

DANS un accès de colère
Un homme tua son fils;
Du crime qu'il a commis
Bientôt le malheureux père
Gémit et se désespère;
Puis, cédant au noir chagrin,
Lui-même il arme sa main
Et termine sa carrière.

Un moment d'emportement
Mène plus loin qu'on ne pense;
De s'armer de patience
Jamais on ne se repent.

FABLE XIV.

Le Pilote ignorant.

Un pilote fort ignorant,
Et qui plus est fort imprudent,
Étoit menacé du naufrage :
Heureusement un passager,
Qui, de la mer, avoit l'usage,
Lui fit regagner le rivage,
Puis lui dit : Si vous êtes sage,
Avant de vous instruire et de vous corriger,
Ne quittez jamais le mouillage,
Ou craignez, sur ma foi, de vous voir submerger.
Encore effrayé du danger,
Le pilote promit de ne plus voyager,
Sans avoir fait l'apprentissage
De l'art savant de naviguer ;
Mais bientôt oubliant l'orage,
Il oublie aussi son serment,
Et se confie encore au perfide élément.

Il entreprend donc un voyage ;
Mais à peine il quitte la plage,
Qu'il s'élève un horrible vent ;
Et le vaisseau, battu de vagues en furie,
Errant sans être dirigé,
Finit par être submergé ;
Le pilote y perdit la vie.

Craignez de vous lancer dans un monde orageux,
Jeunes gens pleins d'imprévoyance ;
Et soyez assurés d'être un jour malheureux,
Si vous n'avez devant les yeux
Les leçons de l'expérience.

FABLE XV.

Le Porc-épic et le Loup.

Un loup cherchoit par-tout aubaine :
Il n'avoit rien mangé de toute la semaine,
Et se sentoit pressé par une horrible faim ;
Un porc-épic parut soudain.

Le loup, plein d'appétit, plein d'espoir et de joie,
Sourioit en voyant une si belle proie;
Mais bientôt le roi des gloutons
Jugea qu'il n'avoit pas à faire à des moutons:
Par-tout le porc-épic étoit invulnérable,
Armé de ces nombreux piquans.
Le loup à l'attaquer auroit perdu son temps:
Aussi, prenant un air affable,
Il s'approche en riant du piquant animal,
Et lui dit d'un ton amical:
L'on pourroit en tout lieu, citer, je vous le jure,
Votre taille et votre tournure,
Si vous n'étiez couvert de tous ces dards pointus,
Croyez-moi, ne les portez plus;
Je vous parle sans flatterie.
L'autre lui répondit: Jamais la vanité
Ne pourra me porter à faire la folie
D'abandonner ma sûreté.

FABLE XVI.

Moyen de se débarrasser de l'importun.

COMMENT faire, disoit au poëte Sadi,
Un Émir de sa connoissance,
Pour me débarrasser d'une ennuyeuse engeance,
Qui tous les jours vient à midi
A mon dîner présenter ses hommages
Et m'ennuyer par de sots bavardages;
Il est un moyen excellent
Pour vous éviter les visites
De ses importuns parasites,
Reprit Sadi, feignez d'emprunter de l'argent
A ceux qui sont dans l'opulence,
Prêtez-en à tous ceux qui sont dans l'indigence,
Et soyez assuré que tous ces braves gens
Ne viendront chez vous de long-temps.

FABLE XVII.

Le Tremblement de terre.

Un affreux tremblement de terre
Bouleversa jadis une province entière,
De ce bel indostan, de ce riche pays
Qui produit l'or et les rubis,
Ce phénomène ébranla les montagnes,
Renversa les cités, dévasta les campagnes;
La terre engloutit tout, des milliers d'habitans
Périrent en quelques instans,
Quelques-uns cependant aux périls échappèrent;
Leur premier mouvement fut de fuir des climats
En but à d'aussi grands dégats;
Mais soudain ils remarquèrent
Que la terre, en se déchirant,
De minerois d'or et d'argent
Avoit laissé sa surface couverte,
Et chacun d'eux, pour réparer sa perte,
Se mit à recueillir ces métaux précieux.

D'un fléau destructeur oubliant les ravages,
Bientôt on bâtit en ces lieux ;
Aujourd'hui ce pays est le plus populeux ,
Le plus riche et le plus heureux
Que l'Indus ait sur son rivage.

Cette apologue, à mon avis,
Me rappelle les maux et l'état de la France ;
Lorsque les fils de Saint Louis
Apparurent sur ses débris
Amenant avec eux la paix et l'espérance.
Français ! soyons certains que ces princes chéris
Sauront nous conserver la paix et l'abondance,
Dont nous privèrent leur absence.

FABLE XVIII.

Le Renard et le Loup.

Vous dire de quelle manière
Un certain loup, dans son repaire,
Avoit conduit quelque provision,
Seroit peu de chose à l'affaire
Dont il est ici question.
Vous saurez seulement qu'un renard son confrère
Renard grand amateur du bien de son prochain,
(Je crois même un peu Jacobin,)
Fut jaloux de la bonne chère
Qu'il voyoit faire à son voisin
Dont il jura de se défaire.
Plein de ce noir projet il va chez le chasseur
Pour le loup le plus redoutable.
Il faisoit de leurs peaux un argent incroyable,
Et son nom seul leur faisoit peur.
Le renard donc propose à ce grand destructeur,

De conduire son excellence,
Dans le bois où le loup avoit sa résidence ;
Cette offre au louvetier plût fort,
Et le loup surpris dans son fort
Reçoit deux balles dans la tête.
Notre renard après cette expédition
Fut plein de satisfaction,
Il croyoit hériter de la défunte bête ;
Mais soudain un limier, par ordre du veneur,
Vous étrangla ce délateur.

FABLE XIX.

Le Serpent dans la Statue.

DANS certain pays de l'Asie,
Voisin de celui des Chinois,
Chaque famille offre à son bon génie
De grands simulacres de bois ;
L'on a soin d'orner ces figures
Et de rubans et de peintures,

Mais malheureusement, il arrive par foi
Qu'à force de travail un serpent s'insinue
Dans l'intérieur d'une statue;
Lors comment en chasser le reptile insolent,
Ni du feu ni de l'eau l'on ose faire usage:
Le feu pourroit brûler le monument,
Et l'eau, sur les couleurs feroit en un instant,
Un irréparable dommage;
Ainsi, grâce à son logement,
Il n'est aucun moyen d'empêcher le serpent
De continuer son ravage.

Lorsque dans un gouvernement
Des gens dépourvus de talens
Mais pleins d'ambition, et pleins de hardiesse,
Peuvent, à force de souplesse,
S'emparer de l'esprit d'un roi,
Bientôt ces favoris perfides,
N'ayant que leurs vices pour guides,
Outragent l'équité, foulent aux pieds la loi,
Et le mal de l'état et d'autant plus terrible
Que tout remède est impossible.

FABLE XX.

L'Homme, son Fils et les deux Chiens.

Deux chiens habitoient un logis:
L'un d'eux, caressant et fidèle
Auroit pu servir de modèle
A tous les bons chiens du pays.
Pour conserver le bien du maître,
Le jour et la nuit il veilloit,
Quoiqu'on sut fort mal reconnoître
Tous les services qu'il rendoit.
L'autre chien, d'une humeur chagrine,
Ne sortoit pas de la cuisine,
Et là, grondoit à tout venant,
Mais cependant ce garnement,
Quoiqu'il fut argneux et maussade,
Avoit de tout abondamment,
Et son vigilant camarade
Etoit dans un grand dénuement,

Un jour voyant la triste mine,
La maigreur, la tranchante échine
Du fidèle et bon serviteur,
Un jeune enfant, plein de candeur,
Dit à son père: je vous prie,
Dites-moi par quelle raison,
Ou par quelle bisarerie,
Ce chien qui garde la maison
Et fait tant pour nous être utile,
Manque-t-il si souvent de pain,
Tandis que cet autre mâtin
Si méchant et si peu docile
Est régalé soir et matin.
Mon fils, reprit alors le père,
Bien des hommes, je t'en préviens,
Agissent de même manière
Que je le fais avec mes chiens;
L'un n'a pas besoin de caresse
Pour m'aimer, me servir sans cesse
Et veiller à ma sûreté;
Certain de sa fidélité,

Et sûr de son bon caractère,
Il m'importe peu de lui plaire;
Mais pour ce méchant animal,
Toujours prêt à faire du mal,
Je le caresse et le ménage,
Afin d'éviter du tapage.

C'est ainsi que dans tous les temps
On voit ménager les méchans;
Les bons ne sont jamais à craindre,
Ils supportent tout sans se plaindre.

FIN DU LIVRE SECOND.

LIVRE TROISIÈME.

FABLE PREMIÈRE.

La Rose et le Chardon.

A PEINE vous êtes éclose,
Disoit le chardon à la rose,
Que vous perdez votre fraîcheur.
Le même jour qui vous voit naître,
Bien souvent vous voit disparoître.
Ah ! je vous plains de bien bon cœur.
Votre pitié vous fait honneur,
Répartit la brillante fleur ;
Mais ne me plaignez point, et sachez que le sage,
Lorsque quelqu'un disparoît pour toujours
Ne compte point le nombre de ses jours,
Mais comment il en fit usage.

FABLE II.

L'Oison et la Pie.

UN oison des plus orgueilleux
Se croyoit un puits de science.
Je suis favorisé des cieux,
Disoit-il, avec suffisance,
Je puis, à volonté, m'élancer dans les airs,
Parcourir la terre et les mers:
A tous les animaux je dois porter envie.
Ne croyez pas cela, répartit une pie:
Maître oison, soit dit entre nous,
Personne de vous n'est jaloux.
Si vous pouviez voler ainsi que l'hirondelle,
Courir ainsi que la gazelle,
Et, comme les poissons vivre dessous les eaux,
Vous seriez admirez de tous les animaux;
Mais rien ne vous élève au-dessus du vulgaire;
Vous n'avez point de vrai talent.
Il vaut mieux ne savoir rien faire,
Que savoir faire tout, mais imparfaitement.

FABLE III.

Le Cheval et le Bœuf.

Un enfant plein de hardiesse,
Sur un cheval étoit monté,
Et ce cheval, plein de bonté,
Connoissant les égards qu'on doit à la jeunesse,
Marchoit avec tranquillité.
Un bœuf, rempli de vanité,
Lui dit : ma foi je vous admire,
De vous laisser ainsi conduire
Au gré de ce foible marmot !
Il faut que vous soyez bien sot,
Pour ne pas le jeter à terre.
Il ne tient qu'à moi de le faire,
Répartit le coursier : je sais qu'au premier bond,
Je lui ferois perdre l'aplomb ;
Mais si j'employois mon adresse
Contre un être plein de foiblesse,
Je ferois tort à mon honneur,
Et rougirois d'être vainqueur.

G *

FABLE IV.

Les deux Ruisseaux.

Au sortir d'un rocher, une source abondante
Promenoit doucement son onde transparente,
Dans des prés émaillés de fleurs ;
Les lilas, les saules pleureurs,
Et maint arbuste étalait leur parure
Sur les bords de cette onde pure.
Après avoir long-temps suivi paisiblement
Un valon champêtre et riant
Que sa fraîcheur rendoit fertile
Le ruisseau paroissoit à l'aspect d'une ville ;
Là, son onde se divisoit :
Une moitié se dirigeoit
Par des acqueducs magnifiques
Sur toutes les places publiques ;
L'autre moitié continuoit
A serpenter dans le bocage,
Abreuvoit les troupeaux de tout le voisinage,

Et terminant son heureux cours
Alloit réunir pour toujours
Son onde encor pure et limpide
A celle d'un fleuve rapide.
L'autre bras dans la ville ayant fait cent détours,
Nétoyé maint marché, balayé mainte rue;
Après avoir perdu la moitié de ses eaux,
Et son autre moitié se trouvant corrompue,
Suivoit de souterrains canneaux
Et venoit tristement terminer sa carrière
Et se perdre dans la rivière
Près des lieux où son frère, arrivant sans effort,
S'applaudissoit de l'heureux sort
Qui l'avoit éloigné de l'enceinte des villes,
Et l'avoit, depuis le berceau,
Conduit paisiblement jusques à son tombeau
Par des vallons frais et tranquilles.

FABLE V.

Les Crimes et les Remords.

Un jour les vices et les crimes,
Enchaînés au fond des enfers,
Parvinrent à briser leurs fers,
Franchirent les sombres abîmes
Et vinrent chercher des victimes
Dans ce malheureux univers.

En tous lieux la troupe perfide
Exhale son affreux poison,
Entraîne l'homme à l'homicide,
Au parjure, à la trahison.
En tous lieux la foible innocence,
Meurt et croit mourir sans vengeance.
Les crimes se croyoient vainqueurs,
Ils croyoient régner sur la terre,
Lorsque le maître du tonnerre
Appela les remords rongeurs.

« Partez, dit-il, troupe inflexible ;
« Qu'en tous lieux votre main terrible,
« Frappe le crime triomphant.
« Que, jour et nuit, votre présence
« Lui fasse sentir ma puissance
« Et commence son châtiment.

Dociles à l'ordre céleste,
Les remords partent à l'instant ;
Partout à la troupe funeste
S'offre son aspect déchirant.
Le crime a beau prendre la fuite,
Les remords sont à sa poursuite
Et ne lui laissent nul repos.
D'une voix triste et menaçante ;
Ils vont le glacer d'épouvante
Sur le trône ou dans les cachots.

FABLE VI.

Les deux Dindons.

Deux dindons habitoient la même basse-cour,
Et quoique nés le même jour,
L'on remarquoit entr'eux fort grande différence,
L'un brillant d'embonpoint avoit une prestance
Faite pour charmer un gourmand;
L'autre étoit maigre et languissant.
Rempli de vanité, le dodu personnage,
Pour faire admirer son plumage
Faisoit la roue à tout venant,
Insultoit et battoit son malheureux confrère,
Mais tout cela ne dura guère;
Le maître du logis apprend qu'un grand seigneur
Dans deux jours lui fera l'honneur
De venir, sans cérémonie,
Lui demander la soupe. Il ordonne aussitôt
Que, pour fêter sa seigneurie,
Le dindon gras serve de rôt.

Gens de bien, prenez patience,
Soyez sûrs que la providence
Ne laisse pas régner long-temps
Les orgueilleux ni les méchans.

FABLE VII.

Le Juge et le Jeune homme.

Un jeune homme rempli d'honneur
Fit citer en justice un calomniateur
Pour avoir insulté sa mère.
Le magistrat, juge de cette affaire,
Dit à l'adolescent : je vois avec douleur
Que tu t'occupes de vengeance ;
En vain, par ses affreux discours,
Un méchant voulut nuire à l'auteur de tes jours ;
Mais toi, tu lui fais tort, je pense ;
Car tu nous laisses soupçonner
Que ta mère, dans ton enfance,
Ne t'a pas fait sentir que l'on doit pardonner,
Même la plus cruelle offense.

FABLE VIII.

L'Occasion.

L'OCCASION, qu'on voit si rarement,
Vint un jour frapper à la porte
D'un villageois fort indolent,
Et lui parla de cette sorte :
Jean, viens vîte, il ne tient qu'à toi
D'obtenir bientôt un emploi,
D'avoir de l'or en abondance ;
Profite du moment, suis moi ;
Mais, dit Jean, avec nonchalance,
Veux-tu me mener hors de France ?
Je n'ai rien préparé pour un si long chemin,
Tu viendras me prendre demain ;
Demain ! tu te moques, je pense,
Reprit vîte l'occasion ;
Suis-moi sans nulle objection.
Hé bien ! je suis à toi sans tarder davantage,

Reprit Jean : je vais mettre un habit de voyage,
Et prendre des provisions.
Notre bonhomme alors s'habille,
Fait ses recommandations
A sa femme ainsi qu'à sa fille,
Embrasse toute sa famille,
Remplit son havresac, et plein d'un doux espoir
Ouvre la porte de la rue :
Personne ne s'offre à sa vue ;
Il est surpris de ne rien voir ;
Et cherche en tous les coins cette aimable déesse
Qui lui promettoit la richesse ;
Il pleure, il l'appelle à grands cris,
Mais elle étoit déjà dans un autre pays.

Toujours l'occasion s'enfuit avec vitesse ;
Si vous la laissez échapper,
N'espérez pas la rattraper.

FABLES IX.

Le Bœuf et le Corbeau.

Un rossignol, par son ramage,
Charmoit les échos d'un bocage;
Mais insensibles à sa voix,
De rustres et sots villageois
Assis à l'ombre du feuillage,
Rioient, crioient, faisoient tapage
Se souciant fort peu du doux chantre des bois:
Soudain un noir corbeau, de sa voix rauque et dure,
Attriste toute la nature:
Aussitôt les bergers interrompent leurs ris,
Effrayés des sinistres cris
De l'oiseau de mauvaise augure.
Ha, ha! dit le corbeau, je crois que mes accents
Font plaisir à ces bonnes gens,
Car ils m'écoutent en silence;

Mais ce petit oiseau qui gazouille en cadence,
Et se dit l'honneur du printemps
A s'égosiller perd son temps :
Le goût de la musique aura changé sans doute.
Certain bœuf entendant le discours du corbeau
Lui dit : Chaque berger tremble pour son troupeau,
Et voilà pourquoi l'on t'écoute.

Aux nobles accents de l'honneur
Les hommes sont bien moins sensibles
Qu'aux cris funestes et terribles
Du blasphême et de la terreur.

FABLE X.

Les Moutons malades et le Berger.

Guillot, berger d'un beau troupeau,
Eloigna de la bergerie
Des moutons convaincus d'être atteints du claveau;
L'on sait que cette maladie

Se communique en un instant,
Et fait un ravage effrayant.
Ce mal, pour la gent moutonnière,
Est presque aussi contagieux
Que chez un peuple vicieux
L'esprit révolutionnaire.
Un jour, il arriva que les moutons bannis,
Regrettant leurs parens, regrettant leurs amis,
Envoyèrent des ambassades,
Pour prouver à Guillot qu'ils n'étoient pas malades
Et qu'on avoit injustement
Ordonné leur éloignement.
Guillot, pour ses moutons, étoit plein de tendresse
Ou, pour mieux dire, de foiblesse;
Et malgré l'avis de ses chiens,
Il permit le retour des animaux mal-sains:
Mais bientôt il gémit de son trop d'indulgence
Et paya cher son imprudence,
Car le pauvre homme eut la douleur
De voir le mal en sa fureur,
Frapper jusqu'aux agneaux, sa plus douce espérance.

FABLE XI.

L'Écume de mer.

Ce fut au plus fort de l'orage,
Qu'on entendit l'écume de la mer
Tenir cet insolent langage :
« Je suis égale à Jupiter,
« Car si dans son cerveau minerve prit naissance,
« C'est de moi que naquit la mère des amours,
« Et l'on a vu, l'on voit et l'on verra toujours
« Ma fille sur Pallas avoir la préférence ;
« Mais je ne serais plus la mère de Vénus
« Qu'en me voyant braver le flux et le reflux,
« Et partout dominer sur l'onde
« On me reconnoîtroit pour la reine du monde
« Lorsque les diamans, les perles, les coraux
« Sont ensevelis sous les eaux,
« Je m'élève au-dessus des vagues les plus hautes;
« Aussi les habitans des côtes

« Voyant mon éclat sans pareil
« Me comparent à l'arc-en-ciel,
« Et c'est pour m'admirer qu'au plus fort de l'orage
« Ils vont souvent sur le rivage.

L'écume auroit encor long-temps
Vanté son prétendu mérite,
Si l'un des enfans d'Amphitrite
N'avoit interrompu ses discours insolens :
« Cesse ! lui cria-t-il, ô crasse impure et vaine,
« De t'ériger en souveraine
« Et de te comparer aux dieux,
« Sitôt que l'aquilon fougueux
« Sera forcé d'adoucir son haleine,
« L'océan sera calme, et dans le même instant
« Tu rentreras dans le néant ;
« Puis les plongeurs viendront reconnoître les plages
« Et recueillir sous l'eau de modestes trésors
« Que l'on ignoroit jusqu'alors,
« Et qui cherchoient loin des rivages,

« A se mettre à l'abri de la commotion,
« Que la fureur des vents en révolution
« Occasionne en ces parages. »

FABLE XII.

L'Ane content de lui-même.

Un âne chargé de fumier,
(C'étoit l'âne d'un jardinier)
Retournoit dans son domicile ;
Mais lorsqu'il traversoit la ville,
Il fut flatté de voir que chaque citadin
Se dérangeoit de son chemin,
Et le laissoit passer en détournant la tête.
Il n'en fallût pas plus pour que la sotte bête
Crut qu'en s'éloignant d'elle on lui faisoit honneur
« Mon mérite me vaut cette condescendance,
« Disoit-elle avec complaisance. »
Elle se redressoit, et n'étoit point d'humeur
A soupçonner que la mauvaise odeur]

Que le fumier portoit à vingt pas à la ronde,
Éloignoit d'elle tout le monde.
Le lendemain notre baudet
A la ville revint encore,
Pour y porter les dons de Vertumne et de Flore,
Il fut alors fort satisfait
De voir que près de lui maint passant s'arrêtoit;
L'on admire, dit-il, ma superbe encolure,
Mes oreilles et ma tournure;
Il ne s'aperçut pas que des fruits et des fleurs
Le parfum, les vives couleurs,
Arrêtoient les passans en cette conjoncture.

Ainsi le stupide et le sot,
Sont toujours contens de leur lot;
Les complimens et les sottises
Sont, pour eux, mêmes marchandises.

FABLE XIII.

Les deux Cochers.

Deux hommes conduisoient chacun un attelage
De chevaux fougueux et fringans;
Pendant qu'ils étoient en voyage
Ces chevaux tout-à-coup prirent le mors aux dents
L'un des cochers, dans la force de l'âge,
Crut pouvoir, des coursiers, arrêter la fureur
En leur opposant sa vigueur.
Vîte de chaque main il saisit une guide,
Les tire, les agite alternativement
Et croit en criant et jurant
Remettre les chevaux en bride;
Mais le malheureux fit des efforts superflus,
Ses chevaux ne l'écoutoient plus;
Malgré toute sa force il fut bientôt victime:
Les chevaux, le char, le cocher,
Tout fut précipité de rocher en rocher,
Et disparut dans un abîme.

Le second conducteur fut bien moins malheureux,
Voyant ses chevaux furieux,
Et ne pouvant calmer leur fougue impétueuse,
Il ne fit que les diriger.
A force de courir les chevaux se lassèrent,
Puis, d'eux-mêmes, ils s'arrêtèrent
Pour se laisser mener aussi paisiblement
Qu'ils le faisoient auparavant.

FABLE XIV.

Le Pêcheur et le Thon.

Après avoir jeté de toutes les façons
Ses filets et ses hameçons
Sans avoir pris une sardine,
Maudissant son état et maudissant le sort,
Un pêcheur regagnoit le port;
Mais dans l'instant qu'il se chagrine,
Un Thon que poursuit un requin
Dans sa barque saute soudain.

Ha! ha! dit le pêcheur en voyant cette aubaine,
Cessons d'accuser le destin;
Je vois que bien souvent le hasard nous amène
Plus que le travail et la peine.

FABLE XV.

Le Maître d'école et ses Élèves.

CERTAIN maître d'école avoit peu de génie,
Mais beaucoup de philantropie.
Il vivoit dans un siècle, où force libéraux
Rêvoient des systèmes nouveaux;
Et notre magister qui lisoit leurs ouvrages
Les mettoit au-dessus des sages
Que célébra l'antiquité;
Notre homme ne parloit que de la liberté,
Des constitutions, des progrès des lumières,
Et pendant des heures entières
Il faisoit des discours pleins de loquacité
Sur l'abus de l'autorité.

Autrefois disoit-il, on parloit à l'enfance
De devoirs, de vertus, surtout d'obéissance,
L'on ignoroit alors qu'en mainte occasion
Le plus saint des devoirs est l'insurrection;
Enfin, la première science,
D'après notre docteur, étoit l'indépendance.
Ses élèves bientôt sentirent tout le prix
Des leçons, des doctes avis,
D'un homme dont le zèle et dont l'expérience
Égaloit au moins la science,
Et tout le monde fut surpris
De voir des écoliers raisonner politique,
Et sans savoir leur rudiment
S'ériger en censeurs de la chose publique
Et fronder un gouvernement.
L'on fut moins étonné, peut-être,
Lorsqu'on vit ces jeunes gens
Se déclarer indépendans
Et vouloir corriger leur maître.

FABLE XVI.

Le Goujon et l'Écrevisse.

UNE écrevisse alloit en avant, en arrière,
Ainsi que certain ministère;
Tous les habitans du ruisseau
La voyant, sans raison, descendre et monter l'eau
Ne pouvoient concevoir, en aucune manière,
Une marche aussi singulière.
Aussi certain goujon lui dit:
Je crois en vérité, ma chère,
Que vous avez perdu l'esprit;
Car que doit-on penser de la marche incertaine
Qui, vers le même point, constamment vous ramène.
Voulez-vous, dites-moi, voir le vallon charmant
Où notre ruisseau prend naissance?
Nagez avec persévérance,
Et toujours droit en remontant;
Désireriez-vous, au contraire,
Arriver à son confluant

Et vous lancer dans la rivière?
Abandonnez-vous franchement
Au courant.
Mais si vous persistez dans l'étrange manie
D'aller et revenir alternativement,
Sans savoir pourquoi ni comment,
L'on rira de votre ineptie.

FABLE XVII.

Le Loup vertueux.

VOULANT dans ses états honorer la vertu,
Certain lion, émule de Titus,
Fit à ses sujets la promesse
De récompenser ceux qui, parmi chaque espèce,
Se seroient distingués par leur sobriété,
Leur douceur et leur probité.
Un ours étoit chargé de prendre connoissance
De la conduite de tous ceux
Qui se prétendoient vertueux,

Et croyoient avoir droit à quelque récompense ;
Certain loup comparut devant ce magistrat,
Et du plus petit attentat
Il défioit mouton, chien, berger et bergère
De l'accuser en aucune manière ;
Il ne se présenta point de contradicteurs,
Car chacun déclara n'avoir vu de sa vie
Cet animal près de la bergerie ;
L'on se disposoit donc à rendre des honneurs
A ce loup d'excellentes mœurs .
Et chacun admiroit sa grande contenance,
Lorsqu'un bœuf s'écria : dès sa plus tendre enfance
Ce saint fut enchaîné dans une basse-cour,
Dont il s'échappa l'autre jour ;
Pour juger sa philosophie
Attendez un an, je vous prie.

FABLE XVIII.

Le Législateur et le Médecin.

UN pays se trouvoit en révolution
Lorsqu'un célèbre politique
Fit une constitution
Qui devoit assurer la liberté publique.
Et calmer l'agitation.
Son code offroit des lois en plus grande abondance
Que nous n'en procédons en France,
Ainsi jugez de ce trésor;
Qu'il devoit augmenter encor
De mainte et de mainte ordonnance;
Mais il tomba malade, et certain médecin
Près de lui comparut soudain;
Après avoir long-temps médité sa clinique,
Le docteur ordonna le quina, l'émétique,
La saignée et les frictions,
Ainsi que forces infusions.
Voulez-vous de mon corps faire une pharmacie?

S'écria le législateur;
Ne craignez rien, répartit le docteur,
Je prétends vous sauver la vie;
Ainsi que pour calmer les maux de la Patrie
Vous voulez nous donner des volumes de lois;
Moi, pour calmer le mal qui vous agite,
Je vous ferez prendre de suite
Trente remèdes à la fois.

FABLE XIX.

Récit d'un Voyageur.

Un homme avoit passé sa vie
A parcourir l'Europe, à parcourir l'Asie;
Il avoit visité tous les peuples divers
Séparés de noms par des mers;
Il avoit cotoyé l'Afrique,
Du nord jusqu'au midi parcouru l'Amérique,
Et se trouvant enfin de retour à Paris,
Il racontoit à ses amis

Les mœurs ainsi que les usages
De tous les différens pays
Qu'il avoit vus dans ses voyages;
« J'ai séjourné long-temps, leur dit ce voyageur,
Dans une Capitale immense,
Située à peu près à la même distance
Et du pôle et de l'équateur:
Là, des hommes vraiment fort extraordinaires
Très-souvent se réunissoient,
Près d'une table s'asseyoient
Pour y passer les nuits entières;
Mais devinez à quoi ces hommes s'occupoient?
Ils ne mangeoient ni ne buvoient,
Ils ne lisoient ni n'écrivoient,
Mais ils se regardoient dans un profond silence,
Puis, tout à coup, les uns crioient et blasphémoient,
De leurs propres mains se frappoient,
Et faisoient mainte extravagance;
Les autres les voyoient avec indifférence:
Mais, un instant après, ces hommes furieux,
Paroissoient contens et joyeux,

Leurs regards témoignoient une maligne joie,
Et les autres sembloient en proie
Au désespoir le plus affreux,
Accusoient la terre et les cieux,
Et faisoient des sermens terribles;
Mais, tout à coup, calmant leur rage et leur fureur,
Leurs traits s'adoucissoient, ils devenoient paisibles
Et les autres sembloient accablés de stupeur;
Ainsi, toute la nuit, on les voyoit sans cesse,
Passer avec rapidité
De la colère à la gaieté,
Et de la joie à la détresse,
Enfin lorsqu'on voyoit apparoître le jour,
Chacun, maudissant son retour,
Se retiroit plein de tristesse
De cet incroyable séjour,
Mais se promettoit bien d'y revenir encore
Attendre de nouveau l'aurore;
Cependant quelquefois rentrés dans leur maison
Ces hommes perdoient la raison;

D'autres pour éviter sans doute l'infamie
Attentoient à leur propre vie;
D'autres alloient voler dessus un grand chemin,
Mais revenoient le lendemain
Se réunir à leurs confrères
Et passer avec eux la nuit.
Que pensez-vous de ce récit;
Ces gens n'étoient-ils pas bien extraordinaires?
Je pense que ces gens étoient des malfaiteurs,
Répartit un des auditeurs,
Qui se réunissoient pour méditer des crimes;
C'étoit assurément de vrais illuminés,
Des Séïdes, des forcenés,
A qui tous les forfaits paroissoient légitimes.
Hélas! vous vous trompez, tous ces conspirateurs
N'étoient..... n'étoient que des joueurs.

FABLE XX.

La bonne foi d'un renard.

QUOIQUE des plus rusés, un renard fut surpris
Dans la cour d'une métairie.
Il alloit payer de sa vie
Tous les poulets qu'il avoit pris;
Mais il sut, par son éloquence,
Se tirer de ce mauvais pas.
Sur son âme et sa conscience,
Il fit serment de renoncer au gras;
Dans le meilleur de ses repas
Le poisson, tout au plus, deviendroit sa pitance;
Bref, il obtint sa délivrance.
Il retournoit chez lui, lorsque sur le chemin,
Des Canards parurent soudain
S'évertuant sur une mare;
Mon drôle, au même instant, court à eux, s'en empare;

Tout ce qui vit dans l'eau, sans doute, est du
poisson,
Dit-il, ainsi croquons celui-ci sans façon.
Combien, combien de gens pour fausser leur parole,
Trouvent un prétexte frivole!

FIN DU LIVRE TROISIÈME.

LIVRE QUATRIÈME.

FABLE PREMIÈRE.

Le Père de famille et ses trois fils.

Un père de famille au déclin de son âge,
Fit à ses trois fils le partage
De ses biens et de son argent,
Et leur tint après ce langage:
« Je conserve un beau diamant,
« Et je compte en faire present
« A celui d'entre vous qui par un trait sublime,
« Saura mériter mon estime :
« Partez donc, et dedans six mois
« Venez savoir qui de vous trois
« Méritera la récompense.
Ils partent aussitôt, et remplis d'espérance
Tous trois au jour marqué revinrent au logis.
L'aîné prit la parole, et fit part à son père,
Qu'étant dans un lointain pays,

Un riche et vieux célibataire
L'avoit fait le dépositaire
De son argent et de son or,
Sans avoir exigé nul reçu de la somme;
Mais qu'après la mort de cet homme
Il s'étoit empressé de rendre le trésor
A son possesseur légitime.
« Ce trait, dit le vieillard, n'offre rien de sublime;
« Si tu fus, du trésor, demeuré possesseur,
« Tu serois coupable d'un crime
« Et tu n'aurois été qu'un voleur;
« Tu n'as fait, ô mon fils! que ce que l'on doit faire;
« L'austère probité pour l'homme est un devoir
« Et n'a droit à aucun salaire.
Le second, rempli d'espoir,
Raconta que, dans son voyage,
Passant un jour sur le rivage
D'un fleuve rapide et bruyant,
Il vit un malheureux enfant
Tomber dans l'eau : tout le village
Fut témoin qu'aussitôt il se mit à la nage,

Et sauva le marmot d'un péril éminent.
« C'est fort bien, reprit le bon père,
« Mais je n'aperçois rien que de fort ordinaire
« Dans ce que tu m'as raconté,
« Car si tu n'avois pas secouru ton semblable,
« Oh ! mon fils, tu serois coupable
« D'une lâche inhumanité,
« Et j'en serois inconsolable. »
Le plus jeune des fils paroissant à son tour
Dit à son père : « Il me souvient qu'un jour,
« Je vis sur le bord d'un abîme,
« Et profondément endormi
« Mon plus implacable ennemi ;
« Je pouvois aisément en faire ma victime;
« Mais je l'éveillai doucement
« Et lui fis voir son imprudence. »
Mon fils, dit le vieillard plein d'attendrissement,
Tu mérites la récompense ;
Ta grandeur d'âme a droit à l'admiration :
Il n'est que la religion
Qui puisse, de nos cœurs, effacer la vengeance,
Et nous porter à faire une telle action.

FABLE II.

Le Berger menteur.

Au loup! crioit un jour, mais de toute sa force
Certain berger nommé Colin,
Et de tous les côtés on accourut soudain
Pour chasser la bête féroce;
Mais Colin dit en ricanant
Que c'étoit par amusement
Qu'il avoit fait tout ce tapage,
Voulant juger l'empressement
De tous les pâtres du village.
Chaque berger fort mécontent
S'en retournoit dans son pacage,
Lorsque le loup de tout de bon
Vint prendre le plus beau mouton
Qu'eût Colin dans sa bergerie
Et Colin de crier au loup!
Mais les voisins craignant quelque supercherie,

Aucun n'eût voulu pour beaucoup
S'exposer de rechef à quelque raillerie ;
Le dire d'un menteur n'inspirant nulle foi;
Chaque berger resta chez soi.
Colin eut beau crier, beau faire,
A ses dépens le loup fit bonne chère.

Quiconque une fois manque à la sincérité
Dans ses propos ou sa conduite
Ne sera pas cru dans la suite
Même en disant la vérité.

FABLE III.

Le Parvenu et son Voisin.

Un parvenu, sans honneur et sans foi,
(L'on rencontre souvent des gens de cette espèce,)
Après avoir trahi ses sermens et son Roi
Et fait mainte et mainte bassesse,
Avoit cependant un emploi

Et possédoit mainte richesse ;
Aussi notre nouveau Crésus,
Tout fier des faveurs de Plutus,
Se donnoit des airs d'importance,
Vouloit faire oublier, par sa magnificence,
Comment ses biens étoient venus.
Mais malgré son fracas, et malgré sa dépense,
Il vit, dans mainte circonstance,
Les épigrammes et les brocards
Tomber sur lui de toutes parts ;
Il craignoit fort la raillerie,
Et de voir de mauvais plaisants
Se divertir à ses dépens
Faisoit le tourment de sa vie.
Un jour trouvant certain voisin
Il lui raconta son chagrin :
Je ferois, lui dit-il, un fort grand sacrifice
Pour pouvoir du public éviter la malice,
Et n'être pas berné dans mainte occasion.
Ami, dit le voisin, j'ai lu dans certain livre
Que la considération

Naît de la réputation
Que sait nous mériter notre façon de vivre.
On ne l'achète point; ni l'or, ni le pouvoir
Ne peuvent nous la faire avoir;
Mais la vertu, mais la sagesse,
La probité, l'honneur et la délicatesse
Nous obtiennent toujours ce trésor précieux
Qui nous accompagne en tous lieux.

FABLE IV.

Le Bouc et la Vigne.

Un bouc fort sot et fort méchant,
Étoit entré dans une vigne,
Et par une noirceur insigne
Il l'insultoit en la broutant;
Crois-moi, tes dents auront beau faire,
Lui dit la vigne à sa manière,
Je fournirai toujours bien assez de raisin
Pour faire aimer mon jus divin

A tous les peuples de la terre,
Et pour remplir, au sortir du tonneau,
L'outre qu'on fera de ta peau.

FABLE V.

Le Cheval et le Chameau.

Un fier et superbe coursier,
Portoit un jeune cavalier
Dont on vantoit l'esprit, la grâce et la vaillance;
Chacun le regardoit avec indifférence,
Lorsque parut soudain le plus laid des chameaux
Portant un singe sur son dos;
Au même instant les grands et les petits accourent,
De tous les côtés ils entourent
Les disgracieux animaux,
Et du singe et du dromadaire
On voit, on entend le vulgaire
Admirer même les défauts.

Ainsi la chose la plus belle
Souvent ne fixe pas même l'attention;
Mais lorsqu'une chose est pour les hommes nouvelle,
Sa laideur fait souvent leur admiration.

FABLE VI.

Le Travail, la Santé et la Satisfaction.

La satisfaction et sa sœur la santé,
Ainsi que le travail leur père,
Habitoient autrefois dans une humble chaumière;
Construite en un vallon assez peu fréquenté;
Là, loin du bruit et du tapage
Qu'entraînent toujours les grandeurs,
Et n'ayant pour tout voisinage
Que quelques pauvres laboureurs,
La famille vivoit tranquille;
Mais désirant voir une ville
Tous trois partent un beau matin
Et de la Capitale ils prennent le chemin.

Avant d'entrer dans cette ville immense,
Le travail dit à ses enfans :
« Arrêtons-nous quelques instans,
Et pour notre bonheur donnez-moi l'assurance
De ne me point quitter, car un fatal destin
Tous les trois nous attend soudain
Si nous nous séparons » : De le suivre sans cesse
Ses filles lui font la promesse ;
Ils entrent dans la ville : aussitôt le plaisir
Sous mille formes vient s'offrir
A nos charmantes voyageuses ;
Lui seul, leur disoit-il, pouvoit les rendre heureuses ;
La santé crut à ses discours ;
Le plaisir la séduit ; elle quitte son père,
A son nouvel amant se livre tout entière
Et meurt au bout de quelques jours ;
Après avoir long-temps pleuré sa sœur chérie,
La satisfaction s'éloigne pour toujours
Des grands de la ville et de cours ;

Pour le travail, en proie à la mélancolie,
Pendant le reste de sa vie
Il maudit un voyage à tous les siens fatal,
Et fut mourir à l'hôpital.

FABLE VII.

Le Savant et le Sot.

Un savant avec soin cherchoit la solitude
Pour mieux se livrer à l'étude;
Un jour que dans son cabinet
Il méditoit sur un objet
Des plus intéressans, je pense,
Un sot parut en sa présence.
Je ne concevrois pas, dit le sot, en mille ans,
Quel plaisir vous avez à vivre solitaire?
Tu l'apprendrois en peu d'instant,
Répartit l'homme instruit, si le ciel pouvoit faire
Que tu sentisses quelque temps
La contrainte, l'ennui, le dégoût, la tristesse,

Que me font éprouver les gens de ton espèce
Par leur présence et leur propos.
Cela dit, il tourna le dos.

Bien des gens trouveront le savant malhonnête;
Mais à moins que d'être une bête,
On ne peut vivre avec des sots.

FABLE VIII.

Le Taureau, l'Ane et la Taupe.

Un âne se plaignoit de n'avoir pas des cornes
Comme les bœufs ou les licornes,
Un taureau regrettoit de n'avoir pas le dos
Arrondi comme les chameaux.
Une taupe entendit leur plainte mutuelle :
Vous osez murmurer, dit-elle,
Et cela près de moi! moi qu'un sort rigoureux
A pour jamais privé des yeux.

Vous qui vous vous croyez misérables
Et qui vous livrez au chagrin,
Avant d'accuser le destin
Jetez les yeux sur vos semblables.

FABLE IX.

La Poule et sa Maîtresse.

Une poule assez maigre et de peu d'apparence
Pondoit un œuf journellement,
Sa maîtresse crut bonnement
Qu'en lui donnant des grains en abondance
Elle pondroit bien plus souvent,
Et d'après ce raisonnement
Elle lui fit faire bombance,
Mais la poule bientôt engraissa tellement
Qu'elle ne pondit plus. « Je vois, dit sa maîtresse,
« Que trop de soins loin d'être un encouragement
« Portent souvent à la paresse
« Et sont un obstacle au talent. »

FABLE X.

Le Renard et le Hérisson.

Un ministre des Samiens
Avoit acquit beaucoup de biens
Par des concussions, et le peuple en furie
Vouloit attenter à sa vie.
Ésope le retint, lui disant : un renard,
Par un malencontreux hasard
Tomba dans une fondrière
Dont le limon, plein de ténacité,
Malgré tous ses efforts, le retint arrêté.
Le malheureux, pour comble de misère,
Fut attaqué par des essaims
Et de mouches et de cousins
Qui, l'apercevant saus défense,
Le piquèrent à toute outrance.
Le pauvre diable à voir faisoit vraiment pitié.
Un hérisson du voisinage

Qui pour lui dès long-temps avoit de l'amitié,
Vouloit mettre fin à la rage
De ces insectes malfaisans
Et leur opposer ses piquans.
Mais le renard lui dit : ami, laisse les faire,
Ils sont rassasiés et me font moins souffrir,
Que d'autres affamés qu'on verroit accourir,
Pour me sucer chacun à sa manière,
Et que mon peu de sang ne pourroit satisfaire.

FABLE XI.

L'Ivrogne et l'Hirondelle.

Déja l'hiver sembloit avoir fait sa retraite;
L'on entendoit de toutes parts
Et le pinson et l'alouette
Célébrer le retour de Mars.
Une hirondelle ayant fort peu d'expérience
Du retour du printemps, jugeant sur l'apparence
Quitta le séjour de Memphis

Et revint dans notre pays,
Revoir le lieux de sa naissance.
Un ivrogne la vit : « Ah ! dit-il, par bacchus,
« Je jure de ne porter plus
« Cette redingotte incommode
« Que l'hiver a mis à la mode.
« Oui, sans différer, dès demain
« Je vais reprendre le nankain,
« Et vendre mes habits de laine
« Pour boire à la santé du bon père Silène. »
Cela dit, on le vit courir,
Pour dire à ses amis l'agréable nouvelle
Du retour de notre hirondelle
Et du triomphe de zéphir.
Le lendemain il tînt parole ;
Il vend ses vêtemens ; mais les sujets d'Eole
Qu'on croyoit avoir fui revînrent sur leurs pas,
Ramenant avec eux la neige et les frimats.
L'aventureuse messagère
Mourut de froid et de misère.
L'ivrogne plus heureux rencontra des amis

Qui lui prêtèrent des habits,
Et moyennant un rhume il se tira d'affaire.

Espérons le bonheur, mais ne nous flattons pas
De l'obtenir long-temps en ces climats,
Malgré quelques heureux présages :
D'un mal contagieux redoutons les ravages ;
Craignons, en le voyant exercer son courroux
Dans des pays voisins de nous.

FABLES XII.

Le Campagnard et le Chapon.

Un campagnard vit, dans sa basse-cour,
Un chapon qui lui plut, (je crois par son plumage
Beaucoup plus que par son ramage.)
Il revint le voir chaque jour
Et chaque jour il l'aima davantage ;
Enfin cet homme en devint fou.

Et pour lui prouver sa tendresse,
Il crut devoir lui mettre un ruban rouge au cou.
Tout fier de cet honneur notre oiseau se redresse
Il se croit un phénix et court incessamment
Se présenter à ses semblables
Affectant un air important.
Les poules les plus respectables
Ne purent s'empêcher de rire en le voyant.
Mais les poulets, piqués de son impertinence,
Sans égard pour sa dignité
L'entourèrent de tout côté
Et le plumèrent d'importance.

Les distinctions, les honneurs
Que l'on obtient par les faveurs;
Loin de donner des droits à l'estime publique
Sont des titres à la critique.

FABLE XIII.

Le Rat, le Chat et le Fromage.

Un rat étant entré dans un garde-manger
Y fit rencontre d'un fromage
Et s'avisa de le ronger;
Le maître du logis s'aperçut du dommage,
Et mit en embuscade un énorme matou
Qui saisit notre rat au sortir de son trou,
L'étrangla, le croqua, mais sans cérémonie.
Cette expédition finie
Notre chat se sentant encor de l'appetit,
De tout ce qu'il trouva sut faire son profit,
Volailles et gibier, viande de boucherie,
Tout fut bon pour sa seigneurie;
Ce qu'il ne put manger au moins il le goûta,
Ou pour mieux dire il le gâta;
Enfin il fit plus de ravage
Que n'en eut fait cent fois le mangeur de fromage.

Voulez-vous poursuivre un voleur ?
Adressez-vous à certain procureur;
Je vous réponds qu'il saura si bien faire
Que tout en gagnant votre affaire,
Il vous en coûtera tout au moins dix fois plus
Que ne vaudront jamais tous les objèts rendus.

FABLE XIV.

Les Ambassadeurs des Loups auprès du Roi d'Angleterre.

Des ambassadeurs loups se mirent en campagne,
De par leur nation ils étoient députés
Pour s'en aller au roi de la grande Bretagne
Présenter leurs civilités,
Et pour supplier son Altesse
De permettre que leur espèce
Put envoyer du continent
Deux loups, de sexe différent,
Qui fixeroient leur domicile

Et vivroient fort honnêtement
Dans un coin retiré de l'île.
Le roi les écouta, puis leur dit: seigneurs loups
Retournez au plutôt chez vous,
Et dispensez-vous dans la suite
De complimens et de visites
Envers le peuple d'Albion;
Nous avons vu dans mainte occasion,
Que les méchans pullulent vîte
Et si quelqu'un de vous revient dans ce pays,
Sa tête sera mise à prix.

FIN DU QUATRIÈME LIVRE.

HAMAMET ET RACHID,

CONTE INDIEN,

Tiré de l'abbé BLANCHET.

Depuis plus de six mois, une chaleur ardente
Portoit dans l'Indoustan la mort et l'épouvante.
La terre tout en feu n'offroit à ses enfans
Que son sein desséché, que des sables brûlans.
Les bienfaisantes eaux des ruisseaux, des fontaines,
Ne fertilisoient plus les vergers ni les plaines;
Et l'arbre dépouillé de ses feuillages verts
N'offroit plus de retraite aux habitans des airs.
Tout souffre, tout périt, tout est dans la détresse;
Jamais on n'avoit vu pareille sécheresse.
Dans cette extrémité, de leurs troupeaux nombreux

Conduisant tristement les restes malheureux,
Hamamet et Rachid un jour se rencontrèrent
Près d'un antique pin que leurs aïeux plantèrent
Pour limiter leurs champs; et là, les deux pasteurs,
Élevant vers le ciel leurs yeux baignés de pleurs,
Le prioient de calmer leur soif et leur misère,
Et de jeter sur eux un regard salutaire.
Le ciel eut pitié d'eux : il se fit à l'instant
Un silence profond, un calme surprenant :
L'auster a rafraîchi son haleine enflammée,
Et la chaleur déjà sembloit s'être calmée,
Lorsque les deux bergers aperçurent près d'eux
Un être, dont le port noble et majestueux
Leur fit croire aussitôt que c'étoit le génie
Qui dispense les biens et les maux de la vie.
Ce l'étoit en effet. Il tenoit d'une main
Le glaive destructeur, fléau du genre humain,
Et dans l'autre on voyoit la gerbe d'abondance.
Les bergers, qu'effraya son auguste présence,

Afin de l'éviter vouloient fuir dans les bois :
Mais le génie alors, leur parlant d'une voix
Plus douce que le bruit de l'aimable zéphire,
Quand du tendre printemps pour célébrer l'empire,
Il parcourt mollement les bosquets enchanteurs
Qu'embellissent les eaux, la verdure et les fleurs;
Approchez, leur dit-il, enfans de la poussière;
Ne craignez rien de moi; car je viens sur la terre
Pour connoître vos maux et pour les terminer.
Vous demandez de l'eau, je vais vous en donner.
Voyez ce qui vous est à chacun nécessaire,
Pour remplir vos besoins et pour vous satisfaire,
Et bientôt vous l'aurez. Souvenez-vous pourtant
Que l'homme doit user de tout modérément;
Le trop et le trop peu ne sont pas moins à craindre.
Dans de sages désirs vous devez vous restreindre :
Réfléchissez-y bien. Expliquez-vous tous deux.
Toi, commence, Hamamet, voyons ce que tu veux.

Pardonne en ce moment le trouble qui m'agite,
Dit Hamamet tremblant ; il vient de ta visite.
Aurions-nous dû jamais espérer le bonheur
De te voir aujourd'hui finir notre malheur ?
Mais puisque tu veux bien exaucer ma prière
Je demande un ruisseau tout près de ma chaumière,
Dont le cours soit le même en toutes les saisons ;
Et qui, rafraîchissant mes prés et mes moissons,
Offre à tous mes troupeaux une onde bienfaisante,
Et bannisse loin d'eux la chaleur dévorante.
Tu l'auras, répondit le génie ; et soudain
La terre, obéissant à son ordre divin,
S'entrouvre ; on voit jaillir une source abondante,
Qui promène en tous lieux son onde murmurante.
Aux troupeaux aussitôt elle rend la vigueur,
Aux bosquets desséchés elle rend la fraîcheur :
On voit de tous côtés renaître la verdure,

Et les arbres souffrans reprendre leur parure.
Hamamet satisfait bénit son bienfaiteur,
Qui, regardant Rachid, lui dit avec douceur :
Toi, parle maintenant, hâte-toi de me dire
Ce qu'il te faut ; voyons ce que tu veux ? Je désire,
Répondit aussitôt le pâtre ambitieux,
Qu'il plaise à ton pouvoir d'amener en ces lieux
Le Gange, ses poissons et tous ses coquillages,
Et qu'il coule aussitôt parmi mes héritages.
Le trop simple Hamamet, plein d'admiration
En voyant de Rachid la noble ambition,
Regrettoit de n'avoir pas fait un vœu semblable.
Pourquoi demander tant, mortel insatiable ?
Dit alors le génie au berger imprudent :
Un simple filet d'eau te seroit suffisant
Pour remplir tes besoins, rendre ton champ fertile.
Crois-moi, compte pour rien ce qui t'est inutile ;
Si tu veux être heureux, modère tes désirs ;
Crains la profusion, même dans les plaisirs.

Mais malgré les avis du bienfaisant génie,
Rachid voulut toujours, aveugle en sa folie,
Voir le Gange et les eaux en sa possession.
Le génie, en plaignant son obstination,
Avec rapidité vers le fleuve s'avance.
Rachid rioit tout bas de l'humble contenance
Qu'auroit auprès de lui son timide voisin,
Quand du Gange il seroit seigneur et souverain :
En de vastes projets il aime à se répandre ;
Quand le mugissement des eaux se fait entendre.
Le Gange, dont le bord venoit de s'entrouvrir,
En immenses torrens s'empresse d'accourir ;
Il assujettit tout à son onde en furie,
Entraîne en un moment, arbres, troupeaux, prairies,
Et Rachid englouti dans les flots furieux,
Fut la proie aussitôt d'un crocodile affreux.

LE TESTAMENT,

CONTE MORAL,

Tiré des contes orientaux de l'abbé Blanchet.

Hassan, dont Balsora connoissoit la sagesse,
Se sentant accablé du poids de la vieillesse,
Assembla ses amis, et leur tint ce discours:
« Je vais mourir bientôt et je sens tous les jours
« Qu'il faut enfin quitter parens, amis, patrie.
« J'abandonne à regret cette terre chérie;
« Mais il faut s'y résoudre, il faut subir son sort.
« Les hommes, en naissant, marchent tous vers
la mort.
« Ce sont les mêmes dieux qui nous donnent la vie,
« Qui veulent que sitôt elle nous soit ravie.
« Je ne suis plus ici que pour quelques instans;

« Et comme je suis veuf, et n'eus jamais d'enfans,
« Je vais, dès aujourd'hui, demander un notaire,
« A qui je confîrai ma volonté dernière.
« Je compte, mes amis, sur votre attachement,
« Pour faire exécuter en tout mon testament. »
Ce discours imprima la plus sombre tristesse :
Chacun se retiroit. Agib, avec adresse,
Aborda le malade, et lui dit en pleurant :
« Pourquoi, mon cher Hassan, être si prévoyant ?
« Le soin que vous prenez me paroît inutile ;
« Votre santé n'est point encore assez débile,
« Pour faire à votre ami redouter un malheur,
« Dont l'image suffit pour déchirer son cœur.
« Je respecte pourtant le soin qui vous anime ;
« Si je pouvois, pour vous, augmenter mon estime,
« Ce trait m'en fourniroit ici l'occasion.
« Vous faites de vos biens la disposition,
« Pour qu'ils ne tombent point en des mains trop peu sages,

« Et qu'on n'en fasse pas de criminels usages.
« J'approuve en vous ce soin si saint, si délicat,
« Et je vais de ce pas chercher le magistrat »
Agib sort à l'instant, fort triste en apparence,
Et le Cadi bientôt se trouve en la présence
D'Hassan, qui lui remit un papier cacheté.
« Ce papier, lui dit-il, contient ma volonté;
« Je le mets en vos mains, aux méchans si terribles,
« A la corruption toujours inaccessibles.
« Lorsque les dieux auront disposé de mon sort,
« Qu'ils m'auront fait frapper par l'ange de la mort,
« Et que mon âme enfin n'étant plus prisonnière,
« Ne sera plus sujette aux peines de la terre;
« Alors vous l'ouvrirez. Je veux que mes parens,
« Ainsi que mes amis, s'y trouvent tous présens;
« Surtout mon cher Agib, de qui la complaisance,
« Mérite de ma part tant de reconnoissance. »
Hassan ne tarda pas d'aller voir ses aïeux.

A peine ce vieillard eut-il fermé les yeux,
Qu'Agib, le cœur rempli de joie et d'espérance,
Chez le Cadi rassemble, en toute diligence,
Ses parens, ses amis. Le juge musulman
Fut chercher aussitôt le testament d'Hassan.
Chacun en reconnut les cachets, l'écriture.
Il l'ouvrit aussitôt, puis en fit la lecture.
Il commençoit ainsi : J'espère, au nom du Dieu
Qui tira du néant l'eau, la terre et le feu;
Du Dieu que j'adorai depuis ma tendre enfance,
Dont tous les vrais croyans invoquent la puissance,
Dont je crains la justice et chéris la bonté,
Que l'on accomplira toute ma volonté.
Me voyant à la fin de ma courte carrière,
Avant d'être à jamais privé de la lumière,
J'ordonne, je dispose, et fais ici l'emploi
De mes biens prétendus, qui ne sont plus à moi.
De mon neveu souvent j'ai blamé la conduite,
Et je l'ai prévenu qu'il pourroit, dans la suite,

Se repentir d'avoir négligé mes avis :
Je vais exécuter ce que je lui promis.
Mais je veux le punir autrement qu'il ne pense :
Il est jeune, étourdi, n'a nulle expérience;
Il quitte son devoir pour suivre son plaisir;
Sa dissipation m'a souvent fait gémir.
Mais malgré ses défauts, il est fils de mon frère,
L'unique petit-fils de mon vertueux père;
Il doit jouir des biens qu'ont acquis ses aïeux;
Je les lui remets donc, et j'y réunis ceux
Que mon ordre et mes soins m'acquirent en partage.
Si jamais de ce don il fait mauvais usage,
Les dieux l'en puniront. Je lui lègue en entier
Tous mes biens, et le fais mon unique héritier.
J'exige cependant qu'en tous points il acquitte
Tous les legs que je vais lui désigner de suite.
Je n'en veux faire aucun pour les pauvres dervis
Ni pour les hôpitaux; car, d'après mon avis,
Il faut, pendant sa vie, être humain, charitable,

Avec empressement secourir son semblable :
Mais après notre mort, c'est à nos successeurs
D'aider les malheureux et de sécher leurs pleurs.
Je n'ai pas cru qu'à Dieu la charité dût plaire,
Quand l'ostentation ou la peur la fit faire.
Aurois-je du mérite à lui venir offrir
Ce que dans peu de temps la mort va me ravir?
De quel œil verra-t-il un testateur avare,
Qui veut que de son or le trépas le sépare,
Pour que son or puisse être utile aux malheureux.
Quand l'ombre de la mort aura couvert mes yeux,
Je veux que, sans égard pour le sexe ni l'âge,
Mes esclaves dès-lors sortent tous d'esclavage;
Je leur rends leur entière et pleine liberté.
Je lègue à ceux dont l'âge ou quelqu'infirmité,
Ne leur permettent pas le travail nécessaire
Pour pouvoir exister, la rente viagère
De trente pièces d'or. Ceux qui sont bien portans,
Ayant tous des métiers ou d'utiles talens,

Pourront en travaillant vivre dans l'abondance :
Je leur lègue à chacun, pour les mettre en avance,
Cent sequins qu'aussitôt mon neveu leur paira.
Je lègue à mon ami l'iman de Balsora,
Mon écritoire d'or et ma bibliothèque ;
J'excepte l'alcoran, qu'au retour de la Mèque
Le pacha de Bagdad autrefois m'a donné ;
A Zopire je l'ai dès long-temps destiné ;
Je le lui lègue, ainsi que mes chevaux tartares,
Et mon damas trouvé dans le camp des barbares.
Je lègue à chaque ami comme à chaque parent
Qui viendront voir ouvrir le présent testament,
Une bague en brillant dont la valeur réelle
Sera de cent sequins. Pour mon ami fidèle,
Pour Agib, qui me fit éprouver si souvent
Sa sincère amitié, son tendre attachement,
Oh ! qu'il me seroit doux, en cette circonstance,
De lui prouver jusqu'où va ma reconnoissance !
Que ne lui dois-je pas, à cet ami zélé !
Depuis que de leur poids les ans m'ont accablé,

Il ne me quitte plus, et m'entretient sans cesse
De mes rares vertus, de ma haute sagesse.
Cet obligeant ami m'a fait apercevoir
De cent perfections que j'ignorois avoir;
C'est lui qui regarda toujours d'un œil sévère,
Chaque légèreté que mon neveu put faire,
Et m'en rendit toujours, avec empressement,
Un compte plus qu'exact : que puis-je en ce moment
Léguer à cet ami si chaud et si sincère?...
Un conseil excellent qu'il suivra, je l'espère:

Choisissez mieux les gens que vous voudrez duper,
Cher Agib, et d'ami ne faites le métier,
Que près d'un riche vain et sans délicatesse;
Vous en trouverez tant qui sont de cette espèce!

FIN.

ERRATA.

Page 9, ligne 4. Ces dont qui sons, *lisez* ces dons qui sont.

— 12, ligne 17. Et pléure se désespère, *lisez* pleure et se désespère.

— 32, dernière ligne. Espérant voir, *lisez* espérant avoir.

— 37, ligne 3. Boulversant, *lisez* bouleversant.

— 51, ligne 8. Parut, *lisez* paroît.

— 66, ligne 2. De l'importun, *lisez* des importuns.

— 69, ligne 15. Pour le loup, *lisez* pour les loups.

— 79, ligne 6. Nétoyé, *lisez* nettoyé.

— 82, dernière ligne. Bot, *lisez* rôt.

TABLE.

LIVRE PREMIER.

N

LIVRE SECOND.

LIVRE TROISIÈME.

LIVRE QUATRIÈME.

Fin de la Table.

www.ingramcontent.com/pod-product-compliance
Ingram Content Group UK Ltd.
Pitfield, Milton Keynes, MK11 3LW, UK
UKHW022105190726
13855UKWH00002B/651

9 782013 347549